百年寂寞

民初
歷史小說

李安娜——著

獻給我的母親黃璇璣

人世滄桑，生命的痕跡
尤如白紙上的鉛筆字
縱使擦得再乾淨亦徒然
那些悄無聲息的過往
沿途襲擊的風霜，點點滴滴
若靜水深流淌過靈魂
激起驚濤駭浪魂飛魄散
歲月如歌，擊節踏歌聲起聲落
在輕吟低唱中清淺了時光
美麗了流年，把苦辣酸甜遺忘
紅塵相守多少痛苦彷徨
江湖兩忘幾度淚花盈眶
煮一壺月光，醉了歡欣也醉了悲傷
擁百年寂寞，解開心結不留下遺憾
走過蕭瑟　走過繁華　雲舒雲展
回眸一笑　無怨無悔　離合悲歡

目次

第一部

第一章 桐城 009
第二章 小姐 022
第三章 劉氏 029
第四章 堂兄 038
第五章 守孝 047
第六章 江村 054

第二部

第七章 出嫁 067
第八章 散聚 077
第九章 重光 088
第十章 離散 100

第十一章　交心　111
第十二章　苟活　121

第三部

第十三章　飄零　135
第十四章　為食　145
第十五章　樂趣　155
第十六章　南行　166
第十七章　砸爛　175
第十八章　尾聲　188

第一部

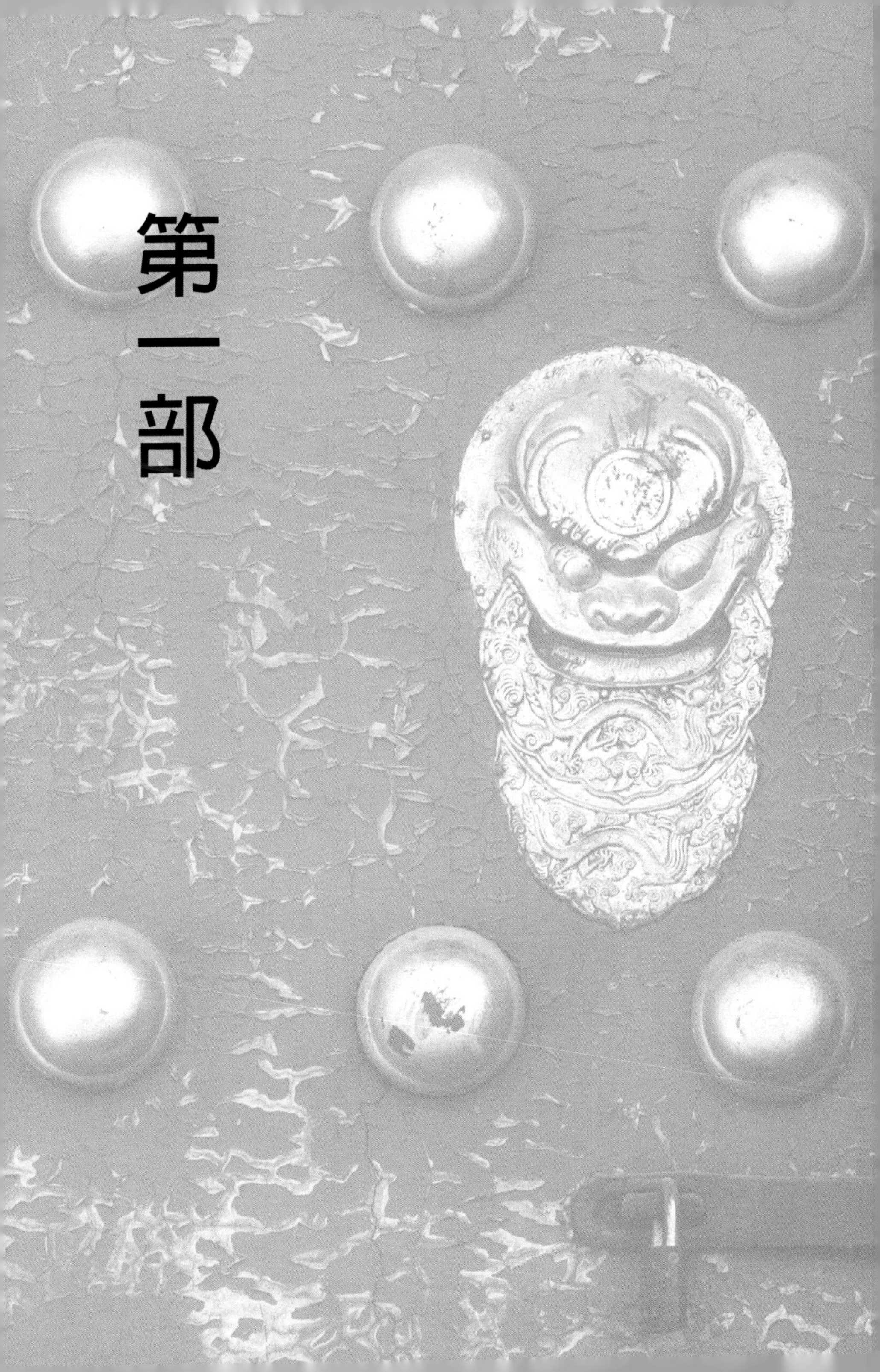

第一章 桐城

閩南東南沿海地區有一座古城，別號刺桐。桐城曾是古代海上絲綢之路的起點，城市歷史悠久城內典藉無數。北郊巍巍清源山白雲繚繞，太上老君背靠青山笑臉迎人；南郊紫帽山鬱鬱蒼蒼，山上有座清光緒年建，地形似燕子歸巢的宿燕寺；塗門街中段矗立著始建於宋朝的清真寺，乃現存穆斯林最古老的伊斯蘭寺；南俊巷內承天寺始建於五代後周，大佛歷經千年香火不斷；還有關帝廟、夫子廟……

提起那些街巷的名字，老一輩人如數家珍。原來「州頂」遠自唐代州衙所在地；東街「菜巷」因宋神宗時，官至右丞相蔡確的府第於此而得名，「菜」、「蔡」同音；「棋盤街」是元朝海關長官蒲壽庚的花園；「都督第」係明朝抗倭名將俞大猷的府第；「洪衙埕」則是叛明投清兵部尚書洪承疇的故居……

許多巷子隱藏著動人的故事。清康熙年間有位大學士叫張英，其家人因為爭三尺寬住宅基地與鄰不睦，寫信要張英利用職權打贏官司。豈料張英覆信曰：「千里修書只為牆，讓他三尺又何妨？萬里長城今猶在，不見當年秦始皇。」一家人接信後毅然讓出三尺宅基地，鄰人見狀亦主動讓出三尺，因而這裡便有了條「六尺巷」。

聽說過五虎舉人妙對知府嗎？傳說桐城有五個勢力雄厚的舉人號稱五虎，知府袁鴻自恃後臺大不把他們放在眼裡。有一天，五虎在打錫巷賭銅寶，知府派衛隊前往捉拿卻撲了空。氣極了的知府作對聯一副贈予：

五虎同聚打錫巷／雜種共來攻銅城

五虎不忿被辱遂回贈一聯：

袁加犬便成猿，黃堂客何來似野獸

鴻去江即是鳥，白水人要殺此妖禽

連打架也先來文的。「雜」，閩語「十」；「白水」人即「泉」州人也，不簡單。

老一輩人的故事三天三夜也講不完。

傳說距今一千三百年，遠在海上絲綢路之前的唐朝，桐城巨富黃守恭篤信佛教、慈悲為懷、喜濟齋僧，家中人丁興旺、植桑養蠶、廣有良田三百六十莊，元配李氏已育四子，庶室司馬氏腹內尚懷麟兒。這一年黃守恭五十一歲染恙週身痛癢，重金懸賞廣求名醫。有日一遊方和尚登門求見，謂能治疑難雜症，設若治好黃之痼疾欲索一地搭草庵作酬。黃守恭慨然應允，道此事有何難，在下極願捐一地為宏揚佛法盡綿力。僧人問，此話當真？黃道，君子一言既出駟馬難追。於是兩相約定，僧人開出藥方，謂一年後再訪。黃守恭服用和尚藥方一年內果然病癒，準備踐約遵守諾言，問前來索地僧人：未知師傅需要多大地方？僧人答，吾只需一袈裟影所覆之處。黃施主泰然道，請便。話剛說完，但見和尚脫下身上袈裟爬上桑樹巔，隨手一揚，那袈袍隨風越展越闊，影子遮蓋住黃氏住宅方圓二里內所有土地，僅留袈裟口有日光亮處系黃之宅第。夫人李氏因捐地之廣心下不捨，出一難題謂，若僧人能施法力，令其所登之桑樹開蓮花，當將土地奉獻。翌日黃宅所有桑樹竟然都開滿白蓮花。黃守恭臣服，捐出宅第連桑園計一百二十畝地建蓮花寺。蓮花寺常有紫雲蓋頂，亦名紫雲寺，乃開元寺前身，宏偉的大雄寶殿匾額上書寫著「桑蓮法界」四個大字，那株古幹龍盤的桑樹今日猶在。上述僧人匡護禪師是也。

匡護禪師倡議黃家子嗣向外發展各建家業方能子孫熾昌。黃守恭便命四個兒子遷徙往南安、惠安、安溪、同安四地，並請匡護禪師為兒子們祝福。只見高僧將手中一法器鐃鈸打破，一分為四，兄弟各取一片，鐃鈸蒂交黃守恭後傳予第五子。佛祖的吉祥物保佑黃氏兄弟各自創出一片天地。司馬夫人帶著腹中胎兒回娘家，在彼處產子，庶子成人後發展的地方為紹安。黃守恭五子名曰：經、綸，綱、紀，緯，凡五安黃姓之人，皆出自祖先桐城黃守恭。五子分五安，黃氏成為當地望族。

扯得有點遠，只為要講一黃氏後裔，我的故事只從一百年前說起。俯瞰一座城市必須立於其制高點，於是作者帶你來到西街開元寺。開元寺內有一對巍巍雙子塔，在剌桐不復大量存在的後現代，它們才是桐城永遠的象徵和標誌。也許讀者會反駁，現今的桐城到處高樓大廈，比東西塔高的建築物多了去。然而所有的高樓或電視塔，它們只是些沒有生命的石屎，惟有雙子塔閱盡人世歷經滄桑，雙塔下的每一條街巷、每一戶人家都有自己的故事，別小看他們只是些小人物，沒能叱咤風雲領導潮流，其實他們的祖先也曾輝煌過。在悠悠的歷史長河中，誰又能戰勝時間這個敵人？昔日王謝堂前院，早已飛入尋常百姓家。

東西石塔矗立於開元寺拜庭兩側廣場中，是古代石構建築瑰寶。東面「鎮國塔」高約四十八米，西面「仁壽塔」高約四十五米，兩塔相距二百米。每座塔身各五層，平面橫切過去可分為外迴廊、外壁、內迴廊和塔心八角柱四個部分，在穩固的基礎上，堅實的塔心柱直貫各層，顯然是全塔的支撐。塔壁使用雕琢加工過的花崗岩，以縱橫交錯的方法疊砌，計算精確，築工縝密，重達一萬多噸的建築物雖歷經年代而巍然不動。

試想七百多年前建造如此高的石塔，該用多少石頭奠基？需要多少大石頭砌塔身？傳說當年造塔的石頭從西街排到城郊東南的東海鎮法石村，故此地又名「石頭街」。古時何來起重機、千斤頂、推土機？千斤重的大石頭全靠人力搬動，而隨著塔身愈蓋愈高，石頭又怎樣堆上去？惟有先建一座土山，再利用土山做斜坡，從土山腳往土山頂將石頭慢慢推上去。隨著塔的增高土山堆亦相應增高，土山腳愈伸愈遠，一直堆到現今中山路的十字路口，所以這個地方就叫做「土山街」，又稱「塗山街」。

一百年前的某日，有位海外華僑回鄉省親，族人帶他遊覽開元寺。年輕人對登塔觀摩甚感興趣，逐層攀緣細細觀賞每一幅浮雕石像。家鄉的石匠真神哪！浮雕上的武士、天王、金剛、羅漢，造型生動神采各異，一雙眼睛瞻仰聖人飽覽勝景；各層塔角上的風鈴隨風飄動，叮叮噹噹地唱著，一對耳朵享受天籟梵音。去到塔頂，城市的街道和樓房被踩在腳底；放眼望去，山啊，水啊，田園啊，填充著畫面，極目處是點和線。自此，唐山的迷人景致永遠留在海外遊子的腦中。

桐城和所有老城一樣，城門分東西南北，外加塗門、新門，總共六道城門。城內從北到南長長一條街。首個十字路口以建於一九三五年的鐘樓為界，橫向東西街分別通向東門、西門。第二個十字路口，東向一直朝塗門，是為塗門街；西通往新門，故稱新門街。居住城內的士、工、商亦即官兵、商人、居民，居民品流複雜，大部分可分為老闆和工人以及僱主和僱員。居住城外廣闊天地的則是耕耘的農戶，亦即地主和農民。

新門外江村是個富庶僑鄉，家家古式大宅門閭名遠近，五間張大厝連雙護厝氣派恢宏。花崗岩石埕大如排球場，牆身底座青斗石雕刻出一套套戲劇，花崗石上砌著水光滑溜的紅磚，屋頂琉璃瓦上方龍飛鳳舞。這片產業一分一文來自南洋生意，一磚一石出自匠人用心。百年前的江氏採公產制度，南洋匯來的銀錢除了建造大宅，主要用於購買田產僱用佃農耕作，所有鄉居族人的花用由族長交予管家安排，孤寡皆有所依，逢年過節南洋必匯款過來按人頭派發。

然而一家一族的興旺無法孤立於世，社會因貧富不均令有些人鋌而走險，僑鄉的富裕引來匪徒覬覦，村落時時被土匪燒殺搶劫，鄉紳頻頻遭草寇綁架勒索，多少人為贖人質傾家蕩產。偶有敢與土匪對峙的村落，竟慘遭盜賊放火燒村。地方政府只曉收捐要稅無能禦敵，大戶惟有自發組織民團訓練丁壯，並集結資金購買武器自衛。社團幫會的黑勢力亦逐步向鄉鎮蔓延。

第一次世界大戰結束之時，華僑商人江郎迫不及待帶如夫人麗娘回鄉省親。原來他倆打算一年半載後重返南洋，不料因族人委以重任而拖延歸期。江郎授命成為新門外一帶民團總指揮，負責組織訓練民團抗匪。年輕才俊深感責任重大義不容辭沒有推諉。因為赴會令他認識了城裡一班朋友，慶幸不必困身家族俗務日日與算盤打交道，樂此不疲。與之交情最深的乃金蘭兄弟黃謀孚君。

黃謀孚字萍秋，在族中同輩排行第六，人人稱之黃六郎。六郎祖父黃宗漢乃道光十五年進士，道光二十八年起，歷任山東按察使、浙江按察使、甘肅布政使、雲南巡撫、浙江巡撫。時值太平天國起義，黃於任內疏通漕運、整肅吏治、裁撤陋規、平反冤獄、整頓錢糧，頗有建樹。咸豐七年英法聯軍攻陷廣州，黃宗漢力主抗擊侵略者，被封為欽差大臣，赴任時沿途體察民情、探訪夷務、集餉募兵、激勵紳團、躬親軍務，屢次奏陳制敵救亡之道。後因清政府簽訂喪權辱國的《天津條約》，黃被免去兩廣總督及欽差大臣之職，內調四川總督。咸豐帝臨危顧命八大臣扶助年幼的兒子愛新覺羅•載淳，卻為慈禧聯手奕訢發動「辛酉政變」篡權奪位，肅順被斬於菜市口，其所重用漢人大臣相繼獲罪。

朝廷一紙「永不敘用」發至四川，黃宗漢一夜之間白了頭髮鬍鬚，赴京閉門謝客兩年，自號望雲老人，日搜秘籍，潛心究學。同治二年黃宗漢應同鄉陳慶鏞邀請，準備回鄉主講清源書院，攜萬卷書籍啓程南歸，途中得病寄寓上海泉漳會館，同治三年病逝，結束了他輝煌的人生。臺灣作家高陽曾在其歷史小說中對黃宗漢苛評，其中頗多片面之詞。黃宗漢身後六房子孫，每房僅分得白銀三萬兩。在貪賄成風的清朝，黃宗漢大半世官居高位，何況乃疆臣中重鎮，那又算得了什麼！六、七、八房系正室夫人所生，尚有現住的宅子；九房沒有宅子，需要借用其他兄弟的房子棲身；十、十一房為丫環庶出，只能到泮宮口租房子住。

黃宗漢兄弟共二人。撫養他成人的大哥黃宗澄有五房子嗣，人丁興盛，從他們所建住宅可見一斑。長房蓋的是仿京城四合院，大宅前門聳立於鎮撫巷，牆身砌堅固的磚石。一般的四合院東南面磚牆簇擁著一道街門，屋脊兩邊是起飛的鴟吻。椽頭上一排三角形滴水，簷下是厚重的暗紅色大門。門扇上扣著一對碗口大小的黃銅門鈸，門鈸擦拭得亮晶晶的，垂著門環。兩幅門扇的中心部位通常是大大的「福」字，門楣上有數目不等的六角形門簪，大門兩側一對石鼓，門檻連接著幾級青石臺階。

假如門房允許你走進去，迎面當見一道瓦頂磚基的影壁，兩側鑲嵌呈四十五度的磚雕，底部花槽栽種花草植物，籐籮沿壁纏繞而上。影壁旁為垂華門，這道二門不同於樸素的大門，朱紅的顏色莊嚴貴氣，檐下傘蓋式的木雕精雕細刻玲瓏剔透，油漆彩繪富麗堂皇。影壁、垂華門和遊廊與門樓之間形成前院，幾間朝北的南房京城人稱之為「倒座」。通常客人被帶至倒座中間的外客廳奉茶，留下名片或禮物旋即告辭。

大哥不僅宅子蓋的紮實風水好，更擅長利用兄弟的人脈關係，其第二代或走仕途或經商，開洋行商號，經營藥房布莊，官商一體自是發達致富；第三代則學貫中西，或追隨民國政府任職高官，或成學者、教授、專才，居世界各地，非同一般百姓。

再瞧瞧弟弟黃宗漢這一邊。就拿八房的宅子來說，也是仿的京城四合院，外圍卻是石灰抹的粉牆，兩條僅一尺見方的紅磚簇擁大門，沒有顯赫宣示「門當戶對」的門簪和門墩。跨出門檻下一級階梯走兩步就是大路。據說六房子嗣中第二代雖也出了個探花，官至鎮江知府，可是再無大出息。也許父親長期為朝廷效命，無暇嚴厲管束家中子弟，兒子一個個沾染晚清八旗遺風，有的納妾嫖娼胡天胡地，有的抽大煙敗壞家業，真真應了「富不過三代」之語。最正派的乃八房，家中有些字畫古董，金銀財寶倒是罕見，繼承下為數不多的銀子放出去收息，好景時維持家計，敗落後被賴帳收不回本。門戶外表仍是好看的，卻應了「金玉其表，敗絮其中」之句。此句暫且按下容後再表。

以平常百姓的眼光來看，八房的黃六郎算是含著銀匙出世。黃君身居大宅門雖不甚體會底層貧困，卻具悲天憫人之心，更有一腔赤誠待友的熱血。六郎自幼飽讀史記、論語、詩經，琴棋書畫無所不精，學富五車滿腹華章。只是舊時代已逝科舉廢除，空有一身舊文化沒有大用。然而仰慕其淵博學問、拜師於其門下的弟子倒是不少，有些新興的行業，如法院律師、學堂校長、甚或任泉州縣長的江蘇人士陳仁傑，都是他的門生。晉江一帶紳士進桐城辦事，無不先到黃府拜訪。六郎是開元寺佛教會會長，不能不算也是一項公務。黃君雖生不逢時卻未自暴自棄，良知令他積極支持辛亥革命。其年十月黃謀孚親赴廣州會孫文共商革命大計，無奈身患哮喘和癆疾，未能為新政府效力出任公職，婉約辭請回鄉。民國政府體恤其身體孱弱，除了授予不少名譽頭銜，還懇請他支持襄助慈善事業。照今時今日的話說，對外黃君成了民國政府的「政協人士」，對內則是黃氏十一房的族長。

這一年六郎家人特地為其做三十壽辰，沒有大張旗鼓，但遠近親友聞者陸續到賀。主人特地交待下人，義弟江郎的家眷將會到來。江郎的如夫人麗娘第二次進城造訪黃家大宅，因為秋哥千催百請一定要她攜孩子同來，府內下午和晚上各請了一齣嘉禮戲。江村遠在西南外，天才亮大娘黃氏就叫人上樹摘下一大籃新鮮水果，日上三竿方張羅妥當，吩咐三歲的兒子江玉璋匆匆換衣服出門。

麗娘早起已經打扮妥當。時人仍延續清朝女人的寬大桶形旗裝，貪靚的麗娘自作聰明，將之改良為高領窄袖細腰身，臂部起順著身形落，兩邊腿部開叉。一襲天藍底靛青花織錦旗袍鑲著大大的綠色布排扣，配上一對碧綠耳墜子，腳下青緞綠花綉鞋，令人耳目一新。轎子從江村啓程，行了大半個時辰才進入新門，轉叫一輛人力車，籃子擱在腳下。麗娘一邊照顧身邊的孩子，一邊護著腳下的東西，唯恐所攜水果給顛下車，左右折騰擔心不已，車夫亦累得氣喘兮兮。好不容易來到鎮撫巷，熱鬧的場面從內院溢出前院來。

麗娘母子被引入內院。

剛回國時麗娘曾與丈夫拜訪過黃府，是黃君引路從玉犀巷穿過幾條小弄後門進園子的，因而領教了位於繁華鬧市中的幽靜小巷別有洞天。黃家的下人住前院，主人住內院朝南的正房。東邊三間廂房中間是客廳，兩邊是六郎的書房和畫室。江郎和黃君就在客廳內設案焚香嗑頭拜把子，三個人於此頻頻碰杯暢飲，相見恨晚。祖輩精心的建築設計令院落寬綽疏朗，刻意的疊石造景、植樹種花、養魚飼鳥，讓居者四季沐浴園林之中。隔壁的四合院也是黃姓同族兄弟的產業，此等府第完全不同於江村。江村的宅院白天從不關閉大門，即使人們出入多經兩邊的護厝，宅子對外並不封閉，隔著屋外大石埕就是大片農田。農家面對大自然，要的是菜園果園而非花園。黃宅關上街門便與世隔絕，只有走出巷口方覺四通八達。

大戶人家的女眷「大門不出二門不邁」深居閨閣中。黃萍秋的小妾劉氏此時方出來見麗娘母子，陪著客人到正房兩側的耳房用午膳。這些耳房乃主人的生活間，包括廚房、飯廳、儲藏室和衛生間，廚房外有一口井。飯後兩人再到東邊客廳喝茶聊天。往日清靜的內園搭起了戲棚，一班藝人正忙碌著。下午這場戲專為郊外遠道而來的親友，女主人陪麗娘和小兒坐在尊貴的前排位子，璋兒個子小，座位上加了張小凳。後面多是族人的孩童，偶爾經過的下人就在遊廊駐足舉目凝望舞臺。麗娘不曉什麼叫「嘉禮」，昨晚江郎頗費一番口舌講解，聰明的番婆子仍似懂非懂。江郎只好一言以蔽之，道嘉禮古時稱懸絲傀儡，乃於提線木偶的腿、手、肩、耳及脊骨底部等多處縛繩，藝人幕後操縱之，模仿人和動物的各種動作，配以唱詞對白做出整套戲來。

終於開場了，戲目是《桃園結義》。鑼鼓響起來，洞簫絲弦調了音，生、旦、北、雜紛紛出場。約六平方米的舞台上，兩尺高的木偶們馳騁萬里天地，呈現千年前的歷史畫卷，鼓樂喧天、刀光劍影、驚心動魄、人仰馬翻。番婆子為好漢們的義薄雲天深深動容，把丈夫、秋哥以及自己想像為英雄劉關張，他們三人不也義結金蘭？歇戲的當兒，女人禁不住好奇心，偷偷跑到舞臺布幕後瞧瞧，發現藝人們無非如常人一雙手，卻能隨心所欲操控木偶，佩服的五體投地。

黃昏江郎也到來給義兄拜壽，兩夫妻敬了黃君三杯。今晚的嘉禮劇目是《仁貴征東》，鑼鼓聲不絕於耳，看來比白天更加熱鬧。上場的傀儡一個個大花臉，手持大刀背插帥旗，把麗娘看的眼睛眨都不眨。但秋哥並不留江弟一家繼續觀賞嘉禮，說地方不靖，還是趁天未黑回去吧。江郎見兒子睡眼惺忪，口水鼻涕流了麗娘一身，便作揖告了辭。大哥叫下人捧出許多回禮，管家已經安排了兩部人力車。

在江村住了些年，麗娘總是一嘴不成腔調的曲兒，不厭其煩地逢人講述城裡的嘉禮，如何生動有趣，如何吸人眼球，每每將大家閨秀黃氏逗得樂呵呵。這一回她說，南洋歸來的妹子見過世面，怎麼就像個鄉下婆子進城，我未嫁時看的木偶戲可多了，什麼《三請諸葛》、《五關斬將》、《六出祈山》、《七國爭鋒》的。還有更精彩的布袋戲（掌中戲），看了叫你更驚奇。既然你喜歡熱鬧，下個月我爹做五十大壽，俺病蔫蔫的不想出門，妹妹就替我帶璋兒去吧。這一應諾令麗娘興奮不已，趕忙幫黃氏穿針引線刺繡起壽誕禮品，樂得一嘴小曲兒哼個沒完。

終於盼來了這一天。丈夫一早進城去開聯防會，說是會後直奔岳父家。麗娘打扮齊整隨傳隨候。只見她身穿水紅色鑲金邊小鳳仙裝，粉色緞子上綉的紅花綠葉，窄窄的袖子從肘部起為起折的綢子，袖口散開如傘狀，與下身的淨色水紅百折滾金邊長裙配襯。一頭烏絲在後面綰了兩個腰子髻，腦後橫插玉簪，腳下一對紅色緞鞋。賀壽當然需要喜色討個吉利。黃氏叫兒子換過新衣，交代一名下人挑禮品，囑咐他們到浮橋即叫人力車代步，囉嗦一輪瞧著三個人離去，目送至人影漸行漸遠看不見方罷。

三人才抵浮橋就有人力車圍攏來招客，麗娘和兒子一輛，下人連擔子一輛，出浮橋朝新門出發。新門街如往日一般熱鬧，街道兩邊南北向多是些小作坊，做米麵糧油買賣的一早卸下門板打開鋪子。沿馬路歇下擔子的小販吆喝不止，一路上有背著書包的少年人，捧著帳本戴著眼鏡的師爺，扛大包的腳力，拉黃包車的車夫。兩輛車子穿過新門街，到塗山街十字路口右拐轉向南街。長長的南街比新門街喧囂繁華，飯館、酒肆、戲社、客棧、銀號、當舖、百貨雲集，打橫的街巷內是民居和市場，不斷有人穿街過巷。車子徑直出南門過新橋朝黃氏娘家奔去。來客見過主人，璋兒高聲叫阿公，撲到主人懷中，把個壽星公樂的合不攏嘴。

黃府大門前人頭簇擁，前來賀壽的親友還真不少，喜宴都擺到門外去了。來者奉茶當兒，主人瞇眼打量了年輕女客心中不斷琢磨：事前女兒叫人傳話，說讓妹妹代她來給父親拜壽，現在聽乖孫親熱地一口一個「麗姨」，看來他們一家人感情不錯，倒是放下心頭一塊大石。善解人意的女郎作揖替丈夫道了歉，說他開完會馬上到，帶著番仔腔的女聲真好聽。老丈人滿意得很，如此美女哪個男人不愛？去了芥蒂開心地叫管家好好招待。

午膳後璋兒嚷嚷要看戲，演的劇目是《四海賀壽》。因為鄉村周圍不靖，嘉禮下午就開演，戲棚搭在村公所門外的土臺子，圍滿遠近村莊的小孩。麗娘主僕仨被主人安置在前面的座位，下人時時端來茶水和葵花子、南瓜子。周圍吆喝賣茶菓、雞蛋、落花生，樹上酸酸的楊梅、青青的桃子尚未熟透，農民卻急急摘下來擺賣。番婆把心思放到提線木偶戲上去，充耳不聞其他的，只把那些臺詞一句句在心裡過，縱使不懂中文，卻有很好的記性。

江郎趕來出席晚間的宴席，鄉紳們自然提及聯合抗匪的大事，有人慷慨激昂磨拳擦掌，有人妙語連珠令人激賞，江郎一派凜然正氣，表示正義之士當同心協力聯袂抗敵，得到一班舉足輕重人仕的認同。江郎身邊的嬌艷女郎亦令村民們津津樂道，桐城古風淳樸，人們難得見到明星般的美女。

宴罷江郎婉謝了岳父的好意不願留宿。初出村時候尚早，田裡還有農人在勞作。經過南門，只覺城內街燈暗淡昏黃，四野開始沉寂下來。麗娘心裡害怕，輕聲提議不如進城到黃家投宿，丈夫卻說秋哥身體不好怎好意思去麻煩呢，即使他本人不介意，可下人多不耐煩呀！咱不如直接沿環城馬路朝浮橋方向走，一個時辰就能到家。於是在城門口叫了三輛黃包車，吩咐車夫加快不要猶豫。

當家男人說話句句在理，麗娘只有順從如何辯駁。事前答應給人力車夫三倍車錢，臨了他們卻不肯將客人送抵村中，麗娘爭持不願下車。江郎說，穿過果林就是咱江村地界，算了，別難為他們。車夫們接了錢彷彿見了鬼，立即轉身朝城內狂奔而去。淡淡的月色灑在荔枝樹上，青青的荔枝果已有拇指般大小，男人邊走邊欣賞夜景，麗娘緊拽兒子的手都出汗了。

行至果園中段已看得見村口的古井，主僕正想鬆口氣，突然樹下竄出兩條高大的黑影朝江郎撲上去，一個拿槍把猛砸他的項背，一個將黑布袋套住他的頭，低聲喝道：「乖乖跟我們走，否則連你老婆孩子也沒命！」江郎掙扎幾下看似昏了過去。挑擔子的下人當場軟癱倒地，兒子張開大口發不出聲音，麗娘摟住孩子軟了手腳走不動，嗚嗚地哭喊救命。

村頭的狗吠了起來，鑼也敲起來了。

出了這等人命關天的大事，黃六郎聞訊立即趕往江村。顧不上號啕大哭的女人，他徑直朝村公所奔去。此時江村族人聚集一堂，七嘴八舌莫衷一是。族長見到黃萍秋立時有了主心骨，如釋重負。六郎正欲問可知哪道黑幫所為，一個小童手中揚著封信進來。族長接過信，拆封看了一眼，隨手遞給六郎。六郎一看便驚呆了，江弟確實給綁了票。內文警告江村解散民團退出聯防，否則將受毀村報復，誰敢帶頭江郎即是榜樣。還說若要保住肉參小命，條件是一千大洋外加番婆麗娘，三天後交割，報官立馬撕票。落款滿江紅。遠近有幾股土匪，卻沒人聽說過滿江紅這個名號，人們估計是新紮營的山賊。於是村人又罵道，一輩子娶不上老婆，想女人想瘋了吧。這時六郎才想起，應該去看看弟媳婦。

且說囉嘍們將江郎架到匪窩，有人出聲叫鬆綁並除去矇眼布。江郎恃恢復視力，見村屋內擺著簡陋桌椅，桌上有文房四寶。眼前的匪首滿頭癩瘡臉無四兩肉，流里流氣吊著二郎腿。此人逼他寫聲明退出民團聯防，否則多少錢也別想贖回小命。無恥之徒果然還開了個殘酷的玩笑：「讓你的如夫人來做壓寨夫人，誰叫她害我得了相思病。」

江郎明白了自己的命運，前面是個沒有人性的無賴。堂堂男子漢，寧願站著死不願跪著生，絕不能讓家人受辱。一切命中注定，即使後悔亦無濟於事，犧牲是必要的。與其坐以待斃，不如先發制人拼死一搏。說時遲那時快，只見江郎深深吸了一口氣，拿起桌上硯台擊向匪首頭部，奪下他手中的槍，不料一個手下剛剛進來，見狀立即拔槍射擊。匪徒們不曾提防肉參如此剛烈，見江郎已經斷了氣，遂將屍首裝進麻袋丟到村東頭果園。

江村辦起了喪事……

江郎因組織民團抗匪慘遭綁票撕票，遺留下年輕的妻子兒子，還有追隨他回唐山的如夫人麗娘及其腹中骨肉。不諳世事的年輕人啊，你猝然而去，雖然留下可歌可泣的抗匪故事，卻令你的家人經歷多少痛苦？假如你泉下有知，你會不會悔不當初？

第二章　小姐

黃萍秋聞訊趕到江村，撲向兄弟的屍體痛不欲生，孱弱的身子幾乎撐持不住。江郎以死贏得做人的尊嚴，贏取村民無限的景仰，義兄深覺千斤重擔落到自己身上，義不容辭。他一方面在報刊上發表文章，譴責匪徒喪心病狂，違背「盜亦有盜」之遊戲規則令人所不齒；另一方面向政府陳詞，怒斥保安部門無能，引起社會各界的共鳴和支持。當局終於在社會議論壓力下組織了一次剿匪行動，桐城周邊的草寇聞風迅即向永春，安溪、德化山區遁逃，老百姓暫時安定下來。

六郎的真正重擔是安撫江郎的妻小。看見兩個女人哭成淚人，大男人的心都碎了。正室黃氏多年來因身患暗疾湯藥不斷，這一回丈夫因給父親拜壽命喪土匪之手，懊悔不已乾脆拒絕服藥，立意要隨丈夫而去。逝者才過「三七」，黃氏已經骨瘦如柴淹淹一息，不久果真追隨良人去了。麗娘初時憔悴得形銷骨立，這個小女人原本不想活，豈料得知身懷六甲之後，反而出乎所有人的意料，忽地鎮定下來，不再絕食三餐如常不哭不鬧，真個叫人刮目相看。黃萍秋向江村族人宣佈自己的決定，待年底義弟的孩子出生，無論兒女由他領養，江村族長可以作證。

麗娘的身子越來越沉，每天醒來做的第一件事，是上香給丈夫和姐姐，請他們安心上路，誓言她會看顧這個家，也求他們九泉之下有靈，保佑兒子江玉璋快快長大，腹中嬰兒平安降生。劇變發生之後她更加疼惜璋兒，視同己出。早晨目送兒子上學，晚上盯著他吃飯、寫字、洗腳，直到上床熄燈睡覺。麗娘默默為孩子縫縫補補，添置新衣納製布鞋，男孩長的快，衣褲都嫌小了。小女人投注了全部的母愛，領悟了自己生存的全部意義。秋哥不時叫人送來補品，族長囑咐郎中月月來切脈望診，嬸姆已經安排預約了穩婆。

冬至翌日江村誕生了一個女娃子，母女平安。月子裡有妯娌照顧，母親奶水充足，女嬰健康正常，可愛的小妞不明白人間的疾苦，所有人都投以憐恤之情，禁不住想抱起吻吻她。摟著女兒想起孩子連生身父親的面也不認識，何等難過！小母親淚水滾滾而落。幾個月後黃萍秋叫人傳話，說已經聘請到好奶媽，其他事宜亦皆安排妥當，弟妹和嬰兒隨時可以進城。

這一天終於要來。

產後的小女人更添風韻，像顆熟透的紅蘋果。旗袍裝不下豐滿的胸部，麗娘穿的是自己裁剪的玄色香雲紗大襟衫套裝，盤上頭頂的烏黑髮髻扎著顯眼的白頭繩，腳下手納千層底白布鞋。人說「若要俏，一身素」，果真別有一番手采韻味。人力車才在大門口停下，開門的老媽子朝內微微點頭，乳娘和丫環立即迎了出來。在倒座外客廳寒暄了一陣，年輕健康的乳母爭著將嬰兒搶入懷中，雙手顛著，口裡哼著「想死我了，大小姐！」。

才進二門劉氏便趕來攙扶麗娘，又是叮嚀抱孩子的乳母要小心，又道聲妹妹辛苦了。正室早殤，黃萍秋雖膝下無子女，卻並無娶填房之意，端的知道病體難能生育。劉氏並非明媒正娶，又無所出，本不敢寄以奢望，唯唯諾諾服侍主子而已。六郎撫養江弟遺孤既出於義舉，亦因膝下寂寥，冰雪聰明的女人心神領會，總好過娶一個名門淑女來管自己吧。再說女兒跟著養父母長大日漸培養感情，不失為下半生的好安排。

麗娘第三次進內院，以前兩次只到廳堂和耳房，今次算是窺了黃府全豹。西邊三間廂房兩間改了過來，靠近正房是小姐將來的繡房，中間那間權且充當育嬰室。房間鋪著淺色地毯，牆上貼著粉色牆紙，搖籃依牆。房內堆紗疊縐，窗前扣著雪白的紗簾，陽光從紗孔透進來，天鵝絨窗幔被繚到一角，夾子是漂亮的舶來品，窗幔若打開來必定遮天曳地。西式小鋼絲床上鋪著綾羅錦被，綢緞枕頭發出柔亮的光彩，床單邊沿的流蘇幾乎墜地。搖籃裡面是繡花小枕頭小被褥。梳妝檯上並非化妝用品，而是擺滿各款洋娃娃、各式音樂盒和玩具。靠牆雕花的櫃子塞滿嬰兒衣物和洗浴用品，應有盡有。孩子尚幼小，主人叫奶媽在這裡打地舖陪孩子，「小姐太小，身邊不可以沒人陪伴。」

麗娘沒有什麼不放心的，雖然依依不捨，仍得將女兒交給義兄義嫂，惟有如此方能了無牽掛。退一百步想，女兒跟著自己，一輩子除了受窮能有什麼幸福？黃家富庶的境況擺在那裡，秋哥疼惜小妞之情不必懷疑，小姐的地位無人可以企及。倒是要考慮自己下一步該去哪裡。多少人明示暗示她再嫁，似乎是女人唯一的出路，可她沒有江郎早不想活了，怎能再嫁他人？而不想活也得活下去，江玉璋才七歲不能沒爹沒娘。江氏家族雖有固定的錢糧配給，但僅只略微溫飽終不富裕，她必須去掙錢供孩子讀書，那是江家的血脈，惟有以此報答江郎的愛情。

黃君明白弟妹鐵了心不再醮，對她深生敬佩之心，決心傾盡全力資助，暗自聯絡了幾個頭家（老闆）。番婆子有烹飪的天份，被介紹去打住家工，主人試用過非常滿意。於是麗娘成了有錢人家的廚娘，用她省吃儉用的工錢栽培兒子。然而廚娘又能掙多少銀兩？秋哥終是將義弟的兒子安排到開元寺主辦的慈孤院，江玉璋方可以上學讀書自理生活。

寂靜的黃家大宅門從此充滿歡笑聲。

乳母是老媽子鄉下的遠房侄媳婦，產後剛剛滿月，生下的頭胎女嬰突然窒息夭亡，一家人一場空歡喜。見產婦每天擠出幾大碗白花花的乳汁，且因思念女兒痛哭流涕，妯娌想起在城裡做事的姑母回來過，曾委託尋找年輕健康的奶媽，隨口提起這件事，產婦竟然自告奮勇要進城應聘。鄉下人重男輕女，公婆和丈夫見有一份好進項並無異議，屈指細算一年後可買回一頭老牛，屆時再追個兒子也挺划算的，便歡歡喜喜地應允了。

既然是老家人的娘家親戚，自是信得過，劉氏親身參與指揮。別以為沒生養過就不懂兒女經，劉氏訂下了好多規矩。首先是衛生要求：一，早晚刷牙洗臉，餵奶前須用熱毛巾乾淨乳房，天天洗澡換衣服；二，頭髮三五天洗一次，視天冷天熱而定，若嫌麻煩剪短，長髮則要盤起。其次伙食有限制，不准吸煙吃酒飲茶喝涼水，戒辛辣涼茶麥芽韭菜，伙房每天供給充足湯水。還有一項更重要的，乳娘要愛惜自己身體，避免著涼生病，若有病痛要知會主人立即看郎中。在女主人的監督下，奶媽果然梳理得乾乾淨淨整整齊齊，這便使麗娘看了更加放心。初時奶媽的樣子生分，體味奶味也不同生母，嬰兒很是哭鬧抗拒，折騰一輪終究抵不過飢餓，惟有乖乖接受命運的重新安排。

廚房每天大魚大肉供奶媽食用，嘩啦啦的乳汁，營養是不容置疑的。初春天氣寒冷，六郎恐房子不通風不准許嬰兒房加炭爐，吩咐將樟木箱中的毛皮抄出來，曬了給女兒當褥墊。女嬰在家人的細心照料和百般呵護下健康成長，小臉蛋紅樸樸的逗人愛，胳臂和腿像一節節粉潤的蓮藕。才剛來到不久，孩子漆黑的眸子就懂得頻頻轉動，盯視遠近距離的不同色彩，靈敏的耳朵似乎在尋找聲源，轉動頭部窺探新的環境。每天晚飯後是兩夫婦親子的時間，太太打發奶媽去洗澡，兩人輪番逗弄孩子。六郎最喜歡拿音樂盒吸引女兒的注意力，試圖讓她早點記住父親的模樣。夏天到來時孩子開始咿咿呀呀地發出聲音，黃君教她叫「爸爸」，劉氏教她叫「媽媽」，兩人樂不可支，真個是「有女萬事足」。

一年後嬰兒已經會走路了。劉氏代表老爺感謝乳娘的功勞，加倍地打賞。小姐長大了該斷奶吃五穀雜糧，你亦當回去生兒育女。奶媽哭哭啼啼的，比小姐的親娘還難捨難離。幸虧接手帶孩子的保姆是其表嫂，「肥水不流別人田」，心裡是有些兒安慰。奶媽稱新來的保姆叫表嫂，大家便也叫起表嫂。黃府上有大小三個主人，下人五個。資格最老的吳媽負責買菜做飯，頗得女主人信任，一大串鑰匙交她打理；田嫂和阿珠負責漿洗、熨燙、打掃、澆花等粗活，未經許可不能私自出入主人的廳房；劉氏的貼身丫頭叫慧兒，負責打理老爺夫人的私生活；加上小姐的保姆表嫂，五個女人都要留宿，縱使有事需要回家，都得女主人首肯，通常回去一天半天的，很少在外過夜。

女兒未進黃府時，劉氏小心翼翼地陪黃君過日子。六郎要寫字，她馬上研墨；六郎要畫畫，她立即調丹青；六郎剛拿起琵琶，她趕快亮嗓子。看是對夫唱婦隨的好伴侶。孩子來了，把六郎的注意力分去大半，女兒的笑聲比之古書字畫充滿生氣，童稚天真無邪的話語能把所有陰霾掃去。女兒會跑會跳之時，爸爸不再一天到晚獨守書房，情願陪小家伙藏貓貓做遊戲；女兒還未曾拿穩毛筆，爸爸已經準備好文房四寶，抓住她的小手描紅臨帖。劉氏終於獲得解放，不是出去打牌就是守家坐莊，與一班太太攻打四方城。女人知道六郎不喜與闊太太們打交道，盡量多外出少在家中設牌局。她有個好藉口，就是讓父女享受天倫之樂。劉氏為人長袖善舞，對牌友尤其大方，倒是頗有人緣。

六郎給小姐取的大名叫「曉璇」，教女兒叫「爸爸」不叫「爹」。女兒總是將名字寫成「小旋」。爸爸責備女兒不能因為貪方便缺筆少劃，她反問爸爸，為何自己的名字這麼難寫。爸爸給她講了一個流芳千古的故事：前秦有個女子名叫蘇惠，為了挽回丈夫的移情別戀，精心設計迴文詩「璇璣圖」，以五色絲線在八寸見方的錦緞上繡八百四十一字，無論正、反、縱、橫、斜讀，或退一字、迭一字皆成詩。如此巧奪天工千古奇文有詩贊曰：「不寫情詞不寫詩，一方素帕寄心知，心知接了顛倒看，橫也絲來豎也絲。」女兒明白了名字的出處，依然時時偷懶。

父親給予女兒最好的童年，女兒也回報父親最好的人生時光。父親一身學問原就是女兒最好的老師。「天地玄黃，宇宙洪荒。日月盈昃，辰宿列張。寒來暑往，秋收冬藏……」每天清晨從書房傳出朗朗的讀書聲，是女兒送給父親的心靈雞湯。爸爸暗喜多了個搖頭晃腦的伴讀書童。六郎身為黃氏族長卻不喜歡應酬，每逢家族飲宴，梳著羊角辮的女兒便代表他出場。族人也許心裡不以為然又不敢批評，由於曉璇輩份高，眾人反倒要尊稱她「姑婆」。

最開心莫非過年。自臘月廿三晚送灶君上天，劉氏便開始籌備過年的事，下人們個個忙得團團轉。父女倆表示願意幫忙，攬下寫揮春的活兒。每一個房間的春聯都出自爸爸手筆，黃曉璇三歲就寫毛筆字，歪歪斜斜幾個「滿」字貼到米缸上去。爸爸是桐城著名的書法家，草書、隸書、篆書樣樣能，許多人想方設法要他的字。哪個友人有紅白婚喪，爸爸打開宣紙大筆一揮，條幅也好，中堂也罷，只要落款有「黃萍秋」三個字，那紙就夠值錢了。她清楚地記得自己六歲那年是羊年，爸爸貼上書房的對聯是：

萬事本無難只賴吹牛拍馬屁
百般都有假謹防屠狗掛羊頭

女兒不懂得爸爸借對聯諷刺那些奸詐貪婪的小人。

光陰荏苒，日月如梭，多麼寶貴多麼短暫的快樂時光啊！自從黃曉璇有記憶，每年從除夕晚始至元宵夜，爸爸總會陪她點煙花，美的女兒不想睡覺。大年初一許多人來給爸爸拜年，大小姐的紅包都是沉甸甸的袁大頭，劉氏將銀元裝進一支大竹筒，說給女兒儲嫁妝。每個大年初一最早來拜年的是位漂亮女人，她總是一手挽著裝滿柑桔、熟花生的竹籃子，一手拖著個男孩，大人要曉璇叫女人「阿母」，叫男童「阿兄」，後來孩子漸漸明白，那是自己的生母和兄弟。黃曉璇心高氣傲的很，不肯親近鄉下人。為了區分兩名兄長，鄉下進城的江玉璋叫「大哥」，家中的黃孫炯叫「小哥」。

爸爸不讀番書卻崇洋，總是怨歎自己身體不爭氣，否則一早留洋去。爸爸的願望是，將來女兒長大了一定要送去外國留學。他擔心女兒缺少兄弟姐妹太寂寞，將親兄嫂及其幼子接過來同住。侄兒黃孫炯字冬舟，早年喪父，其兄小時過繼給七房，家中僅剩母子二人。黃家祖訓重孝悌，祖父黃宗漢幼年喪父，乃伯祖父一手教養成人，方有黃氏家族後來的富貴。六郎既幫親哥哥養家，又教侄兒習文化。此時西廂房除了黃曉璇的繡房，其他兩間讓給了四嫂兩母子。正房西邊的儲物室闢為他母子的膳房。柴米油鹽醬醋茶都是叔叔供給的，怎麼煮怎麼吃隨他們的便，為了不讓寡嫂感覺拘束不同桌吃飯。黃曉璇因為有了小哥十分開心，讀書和遊戲都有人陪伴，生活充滿歡樂。小哥比曉璇大五歲，眉清目秀性情溫存，凡事都讓著妹妹，完全出自其愛心而非有什麼人教他虛與委蛇。

第三章 劉氏

若按官宦人家的規矩，劉氏只能稱姨娘，下人們叫她「太太」顯然有巴結的意味。劉姨娘是何等醒目的女人，怎麼會不曉得？在黃六郎未娶填房的時間和空間，只有對人們稱之「太太」坦然應對，方能顯示其權力和地位，她的回答從來不含糊，是給自己壯膽也是給別人警告：誰能動得了我？然而在外面隆重的場合，在黃氏家族層面上的應酬，她從來不曾拋頭露面，既不令六郎尷尬，也給自己保留體面和尊嚴。誰叫自己沒有生養呢？若能得一子半女，六郎敢不立馬當自己正室夫人補行大禮？多少回在夢中蒙著紅蓋頭，大紅花轎被吹吹打打地簇擁著，大搖大擺踏入黃府拜祖先拜天地，醒來卻是南柯一夢。要怨就怨自己命不好。

劉氏老家永春內山區，祖上原有幾十畝良田傳到父親這一代。常聽母親贊大伯，說伯父雖識字不多，卻是個堂堂男子漢。天下起瓢潑大雨大伯披件簑衣看水田去了；三伏天總見大伯在曬場上踢穀子揚場；晚上大伯睡的都是囫圇覺，不是起身給牲口添草料，就是看母豬生豬仔。伯父的刻苦耐勞將份內的祖業發揚光大，兒女一早訂了娃娃親，嫂子已經開始為女兒準備妝奩。不能怪母親將父親與大伯作比較。父親是祖母的心頭肉，讀多了幾年書養懶了身子，肩不能挑手不能提。母親嫁過來十幾年確實沒過上好日子，除了操勞家計還得操心農田，播種、插秧、施肥、薅草、收割都要僱替工。操勞過度憂忿成疾終於令母親撒手人寰，她倒是去的乾淨俐落，留下十二歲的兒子和十歲的女兒。

父親遊手好閒也罷，日子也還過得去，致命的是染上大煙癮，把家業都敗光了。哥哥被大伯收留，小子已經可以幫忙耕種養自己，後來索性跟族人下南洋去了。小玉年方十歲業已懂事，知道父親想打女兒的主意，逃到伯父家跪求他收留。伯父心疼地摟著可憐的姪女，陪著流淚道，孩子，不是大伯不容你，你爹欠人家的債咱還不起啊。縱使賣田救你，二弟不戒大煙終是沒完沒了，不如跟那外來戶去城鎮討生活，他兒子還小，你得當童養媳才可活命啊。

父親果真將女兒賣給了外來戶，得來十幾個大洋很快花光，眼看亦不久人世矣。帶著家人和女孩輾轉於沿海城市做小買賣，外鄉人原本並不存惡意，多一張嘴多一個丫頭使喚，且任打任罵做主母的出氣筒。挑水洗衣做飯掃地倒尿盆，小小年紀包下所有家務，難為女孩百般服侍也不能遂女主人之意，動輒雞毛撣子一頓打。晚上為主人捶背搔骨，嫌之氣力不夠，隨手就是一擰，可憐女孩周身瘀紫。後來主人虧了生意被債主追數上門，便將女孩轉賣青樓，索取原價的兩倍款子還債。這也是小玉命苦啊。

青樓名聲不好卻能溫飽，老鴇不會無緣無故責罰，還盼著將來替她掙錢呢，連洗熨都不必做，怕做粗了女兒的手，自有僕婦伺候。三年後姑娘長的眉清目秀、身長玉立、明眸皓齒、粉臉含春。媽媽數年的調教和耳濡目染，少女很早就明瞭生存的不容易，終究要做服侍男人的營生。小時父親讓女兒上過幾年私塾，母親給她纏過小腳，後來民國改了舊風俗，她要幫家裡做事，便自作主張把腳放了。因為感悟小玉心甘情願地學藝，彈兩段琵琶唱幾支南曲，嗓子尚算不錯；棋藝不高，只要嗲聲嗲氣請對方讓兩子，亦能應付；練了幾年毛筆字，也還過得去，詩詞歌賦客人自會拋書袋，只需認識紙上面寫的字，又不是考女狀元。且最最緊要的，乃是如何服侍和取悅男人，嗲功、媚功上乘才是關鍵。

青樓自古以來乃士大夫的溫柔鄉，也是風流才子鬥才華的聚居地。哪個社會都講求門當戶對，男人忍受不了包辦婚姻的桎梏又無力反叛，惟有到煙花地尋花問柳釋放自己。青樓除了有愛情、有自由，還是個文化陣地。宋朝名妓李師師，連皇帝也拜倒其石榴裙下；大詞人柳永一生泡在青樓裡，於煙花之地尋覓靈感，為後世留下千古絕唱；明末的李香君比男人剛烈，血濺桃花扇，留下傳世美談；柳如是比她的男人俠義，知道啥叫民族氣節，後世有人為她寫別傳；清朝的賽金花嫁了狀元當上外交官夫人，因一口流利德語拯救過京城百姓。上面這些故事小玉本不知曉，是一班文人騷客講給她聽的。

媽媽常說，為了陳圓圓明將吳三桂引清兵入關，「衝冠一怒為紅顏」。民國確是廢除科舉，但青樓並沒有消聲匿跡。清末有「花魁」和「選秀」，民國高級娛樂場所或易名曰「沙龍」，高級妓女或稱「交際花」，之中不乏優秀的女人，比如潘玉良、潘素、小鳳仙、陸小曼，這些女人令紳士潘贊化、名士張伯駒、將軍蔡鍔、文人徐志摩，個個愛的欲生欲死欲罷不能。

可惜小玉既沒有那麼深的文化素養，也沒有那麼高的思想境界，國家民族大事與我有何關係？貧窮的農家女，在最窮最苦的日子裡，又有誰來拯救自己？她明白青春可貴應早做打算，否則人老珠黃不堪設想，出道以來一心只想尋個靠山從良上岸。其年小玉已在青樓浸過幾年，溫柔美麗善解人意，自從邂逅黃君，女郎便鎖定目標，難得一個未婚娶的男子，決不能讓他離開自己的視線。

她開始籌劃未來。

飽讀詩書的黃君乃名人之後，紈絝子弟風流才子是也。六郎因病體不擅飲，每每兩杯才下肚滿腹文章便湧上來，最喜吟誦的是柳永的詞曲〈雨霖鈴‧寒蟬淒切〉：多情自古傷別離，更那堪冷落清秋節！今宵酒醒何處？楊柳岸，曉風殘月……柳永科舉屢試不中，一生買醉青樓，其孤苦飄零的身世令六郎感同身受。想想自己一生非但未得功名，而且多愁多病。早些年哮喘發作起來，夜夜坐立不安生不如死，這兩年又染上肺癆，生母和妹妹便是死於此症。西醫道是家族遺傳，救不了的富貴病，中醫則建議他用大煙吊住小命。比之柳永有過之而無不及，狂歌吟唱後撕心裂肺的痛，幸有小玉來撫慰。

父輩一早為六郎訂了門親事，女家乃南門外殷商巨賈，家財萬貫，千金小姐的陪嫁自然不菲。愛的追求本不分年代，何況已經是民國，黃君對未婚妻沒有感覺，想娶她的是黃氏家族而非黃六郎！不知是蓄意反抗世人的封建意識，還是真心愛上劉小玉，他遲遲不肯迎娶未婚妻，還通過朋友向未來岳父坦言，身體病弱不適合成家，甚至時時買醉於青樓一意孤行。

對男人善施媚功的小玉決定對媽媽巧施軟計，主動與老鴇攤牌談身價。公子愛佳人，老鴇愛金錢，原是天經地義的事。媽媽自然不甘損失，獅子開大口要五百大洋。媽媽太小覷這位來自山區的女兒了，原來她的算盤掛在脖子上，一早打響了。

「不錯，媽媽你是養了小玉三年，但女兒開苞時已經一次過替你還了本錢呀。」女兒一邊梳理雲鬢一邊與媽媽討價還價。

「沒良心的狐媚子！不想當初若不救你，你怎有這等好吃好穿！說不定早餓死了！」媽媽索性一把眼淚一把鼻涕嚎起來。

「這些年女兒替你接了多少客人呀？算是還利息也該綽綽有餘呢。」女兒心裡鄙夷，卻也得裝做有情有義。「六郎願意給你二百元，我的私己首飾再搭上去，就當媽媽做善事積陰德、救苦救難救女兒跳出火坑，女兒在這裡給您瞌頭了。」

說完捧出首飾盒交給媽媽，跪在她膝前哭泣不起。

老鴇本非善男信女，可細想這青樓生意並不是啥光明正大的行當，黃六郎是有身分有來頭的人物，也不好得罪。況且女兒已經有了離異之心綁也綁不住，若拒絕了她，什麼時候不留意跟哪個地痞流氓跑了自立門戶，豈不人財兩空？於是漸漸有了迴旋之地。終是黃六郎加至三百個大洋，媽媽才肯交出小玉的賣身契。

一頂二人小轎落於玉犀巷繞到園子後門外，跟轎的丫環約莫十二三歲名叫慧兒，她小心翼翼地掀起轎簾扶出主人。走出轎子的女郎身著滾邊紅底綠花鳳仙裝，高高的領子幾乎頂到兩片腮幫子，窄窄的衣袖，腕上是一隻翠綠的鐲子，玲瓏浮凸細腰身，寬鬆的曳地長裙內一雙坡跟紅鞋，身型頎長裊裊娜娜。吳媽開門讓轎夫搬進兩隻箱籠給了腳力錢，吩咐田嫂拎到老爺房間，引來人經後院進入內院，由遊廊迤邐至廳堂，對在品茶看畫的老爺輕聲道：「太太來了。」隨之回到前院做她該做的事去。

黃六郎未娶妻先納妾的新聞傳開了去。

不久媒婆便尋上門來。

六郎神機妙算，料女家早晚會來退婚，一向在前院候著呢。都道媒婆的嘴能吹，可謂「天上才打雷，地上便著火。」有個媒婆安排兩方相親，男方嫌女方一隻眼瞎，媒婆說，這才好，其他男人便不會跟她眉來眼去；男方道，聽說姑娘結巴，媒婆又說，女人最忌多嘴多舌。他倒要親耳聽聽今天媒婆怎麼說。豈料今次六郎算錯了，媒婆一見面就向六郎賀喜，說是令岳家王老爺找人看了黃曆，下個月某日是嫁娶的好日子，女家一應妝奩早已備齊，黃府做好迎親準備吧。這一來六郎倒沒招了。這門親訂了好些年，想悔婚的是自己，人家黃花閨女沒有錯，明知男人納妾仍願意嫁進門，總不能不接收吧。

俗語說，「六月天，七月火」，岳家要三伏天辦喜事，黃府的族人只好忙起來。

寡嫂和吳媽將三進院收拾停妥，既然老爺不介意要住過來，下人怎好多言語，只能盡力多種些花草，架上添了隻八哥，乾了的魚池重新養起錦鯉。自成一角的院落挺清靜舒適的，老爺喜歡在哪留宿是他的事，也免得女人齟齬。閩南僑鄉人的習俗，結婚時男家只需備一張大床，房中一應用品女家包了的，因而新嫁娘的丰采似乎都顯示在其妝奩上。

嫁妝一牛車。

送陪嫁那天抬箱籠的排了隊列，從塗山街口沿中山路朝北，浩浩蕩蕩進鎮撫巷。梳妝檯、穿衣鏡、大櫥櫃、五屜桌、靠背椅、榻前櫈、屏風像框、窗簾幔帳、床上錦被、枕頭褥薦、新娘衣物、痰盂馬桶，能不排一條長龍嗎？值不值錢就難說了。寡嫂和吳媽將它們一一規置在正房。

迎親那天炎陽高照，嗩吶鑼鼓吹吹打打。新郎照例在長衫上面斜掛大紅花，粗大的紅綢子，向後交叉向前打橫，再於後面繫結，不讓它掉下來。女家在遙遠的南門外，男家早預訂了一列黃包車，男儐相和一班兄弟簇擁著新郎，出城門往岳父家村口等著。難為了一支鼓樂隊伍，個個汗流浹背疲累不已。新娘一身大紅裙褂紅蓋頭紅繡鞋，才上花轎便汗如雨下，粉臉已然被汗水濕成一條條小溝，幸有蓋頭遮住不叫人見到。在鞭炮聲中，送嫁的隊伍遊走了一整條南街，人人頭昏腦脹，恨不得快做完整套戲好收工。

酒席上一對新人才飲過交杯酒，六郎看來不堪折騰氣喘兮兮，似乎被一口酒嗆了，猛然咳了一陣，滿臉通紅，氣差點上不來。伴郎扶他入洞房，王氏的隨身丫環秀兒想幫卻幫不上忙。還是慧兒熟稔，過來替老爺點了煙燈，燒了個鬆鬆軟軟的大煙泡。新郎一口氣吸下去，悠悠活了過來。要是沒這救急的寶貝，六郎今晚便沒命。兩個丫環退出房後，沒有人知道新婚夫婦是否如魚得水，三朝回門後新郎住回後院去了。

女人的戰爭才剛開始。

吳媽傳話，太太要見見大家。通常早餐後若有事，劉氏會在倒座與下人說說話。豈知女人們等了半天，方見王氏姍姍來遲。她先一個個問了姓名，家住哪裡，再清清喉嚨說：

「我是這個家的女主人，別人你們該叫姨娘什麼的我不理，但別搞錯了，我才是大太太，各位明白嗎？還有一件事，從今以後，稱六郎先生，不許叫老爺。都什麼年代了！」

於是人們齊聲答：「是，大太太！」

劉氏乃半個管家，先生才不管雞毛蒜皮的破事，下人們還得事事去請示她。只是有誰敢稱呼「二太太」？仍然一口一個「太太」叫的挺響，把個王氏氣昏了。

兩個女人除了吃飯不願碰面，盡量躲在各自屋裡。劉氏住的是整個小院落，逗逗八哥餵餵魚，繡花、納鞋、裁衣，剪幾株花草插到內外廳堂花瓶，見到六郎寫字磨磨墨，日子過得容易。大太太妝奩裡沒備繡架和五色絲線，也沒帶來什麼書，先生的學問高，想問他拿啥書也不懂，日子就過的難了。更為抑鬱的是，丈夫極少留在正房，諒他即使留下也是抽鴉片而已，倒不如讓他去叫劉氏伺候。當初六郎曾以病體為藉口想悔婚，看來倒是真正為我好；阿爹也想過退婚，是自己傻呼呼地堅持非他不嫁。真是不想還可以，越想越生氣。

俺就不信鬥不過你！

先鬥髮型。富泰的女人有幫夫運，若在舊朝必是誥命夫人，戲文中舊時的夫人最擅梳髮髻，王氏婚前學了好幾款髮型，新婚正是大顯身手之際，希望把本領都使出來。每天卯時丫頭就得來替太太梳頭，三天一款，什麼元寶髻、雙刀髻、垂掛髻、墮馬髻、一字頭、雙丫髻、拋家髻、十字髻……眾人如看戲，目不暇給。可是做了這些髮型，睡覺不能動，頭痕不能搔，刨花水和桂花油味太濃烈，真是難為了自己。劉氏獨孤一味，確是不如人。

再鬥化妝。王氏娘家庭院種著一排鳳仙花，把採下的花放入小石臼搗碎，加入明礬攪勻珍藏起來。什麼時候需要染甲，先依指甲的形狀剪好布塊，將它們浸入花汁內，睡前撈上來貼上十指纏上布條，第二天拆開指甲便鮮紅欲滴。搞這玩藝兒頗費工夫。人家劉氏指甲塗的是舶來的寇丹，直截了當。

後鬥服裝。嫁衣全是艷麗的裙褂，從十二歲待嫁開始縫製，現在王氏把它們輪番穿出來。對鏡畫眉抹胭脂，描細長細長的眉，幾乎到了耳鬢邊，活像舞臺上剛卸妝的花旦，圓圓的臉蛋成了調色盤，仿似要去祠堂拜祭似的。先生不由得皺了皺眉頭，心想這鄉下女人傻的可以，整個唱戲的功架。反觀劉氏一慣穿的素色衣裙，輕掃蛾眉淡施脂粉，看著順眼。

最後鬥服侍先生。早兩天先生說，後天佛誕有慶典，就在開元寺吃齋，中午不回來休息。年前新婚丈夫做了套西式禮服，一直沒再穿，王氏有心留著，特地拿出來曬過，還叫秀兒熨了領帶掛起來。那日她起個早，用完早餐深情地對丈夫甜甜一笑說，先生外出的禮服在我房裡呢。以往都是劉氏張羅的，六郎摸不著頭腦，來到正房看見掛衣帽的柱子差點暈倒。劉氏暗暗拍手稱妙，六郎一向在穿衣上有講究，每年雙十節穿廣州會議那套中山裝，出席佛教會議則是一襲長衫。

一個是劍拔弩張，一個則含而不露；一個虛張聲勢，一個從容不迫。就連下人也瞧出來了，兩位太太打擂台呢。下人便在私底下替兩位太太打分。論年紀：不相上下，第一輪打平手；論長相：環肥燕瘦，一個是溫潤秀麗富泰豐盈，一個是風吹細柳搖曳生姿，第二輪又是平手；論文化：王氏讀過民國小學，劉氏只念幾年私塾，第三輪王氏勝；論出身：王氏贏了一條街，前者名門閨秀明媒正娶，後者青樓娼妓無媒苟合。

然而事實明擺著不必再比拼，哪怕王氏再追趕也枉然。

鬥志昂揚的王氏洩了氣萎頓起來，不思飲食日漸消瘦，粉團圓臉變得蠟黃無光。六郎初時以為太太有身孕，吩咐劉氏和下人細心照料，日日燕窩雞湯燉個不亦樂乎。老丈人也頻頻叫人送來補品，高麗參、西洋參、鹿茸，輪流服用湯水不斷。豈知王氏並非有喜而是大病一場，看遍中西醫藥石罔效。劉氏也不鬥了，默默為她熬藥煲茶。王氏日漸消瘦不成人形，出閣不到兩年便嗚呼哀哉。劉氏能不兔死狐悲嗎？丫環秀兒被送回去，王家老爺自有發落。據劉氏所言，表面風風光光嫁過來的王氏，身後並無甚值錢的東西留下。實情如何，不得而知也。

第四章　堂兄

黃君乃黃宗漢孫輩之佼佼者，同輩兄弟除了萍秋確實乏善可陳。難道祖父透支了子孫的才華，提前用罄後人的智慧財富？回看祖父的履歷表：七歲喪父，由長兄教養成人。兄長管教極嚴，黃宗漢十一歲已遍讀經書，能寫文章；十七歲中秀才；十八歲中鄉試副榜；後十年仍在家攻讀。道光十四年（一八三四年）黃宗漢三十歲中舉人，次年中進士，選庶吉士，散館後授兵部主事，充任軍機章京，歷員外郎、郎中、遷禦史、給事中。至於後來的顯赫經已載入史冊，不須贅述。時至二十世紀二十年代，僅只過了三代人，黃宗漢的子孫已相當沒落矣。

改朝換代留下一班前朝遺老遺少，他們除了之夫者也別無一用，做工肩不能挑手不能提無縛雞之力，務農四體不勤五谷不分，許多家族依靠變賣祖業維生，子弟遊遊蕩蕩過日子。有遠見者急將兒女送入新學堂，寄望新學授予一技之長便於謀生，而此等子弟必須恰適入學年齡，且新學堂索取昂貴的學費。

黃君的親哥哥行四早逝，留下寡嫂和兩個兒子。長子字春如，幼子字冬舟。冬舟即前面所提之黃孫炯。四哥長年多災多病，談不上有什麼才華和建樹，一早花光賣淨名下微薄的產業，遺下孤寡全靠弟弟支撐。做為黃氏族長，黃君肩上的擔子太重了！一個家庭如何長期依靠族人周濟？只好將他們母子仨人拆開。四嫂的第二個兒子才出世，大兒子便立即過繼到七房名下。丈夫死後，四嫂與幼子的家計全靠叔叔，後來六郎索性叫他們母子搬過來。

話說兩頭。清乾隆朝有個大詩人叫張問陶，別號船山，任萊州知府時曾判過一件望門寡的案子。

沈石氏有一子名一英，曾聘邵培元女為妻，但媳婦未過門兒子就死了。邵培元不願女兒守望門寡，想將她另嫁。可是沈石氏早知邵家乃大財主，嫁過來會有可觀的陪嫁。聽說知府大人張船山是位道學先生，必定提倡女子從一而終，若打官司自己有勝算。於是遞紙公堂要求官府不准邵女改嫁。

不想張船山讀過狀紙即刻寫下如斯判詞：

未曾過門，夫婿即死；迎親鼓樂未吹，訃文先至；合巹之醴酒未嘗，忍泣吞聲。這個丈夫尚不是她的丈夫；那個媳婦也不是他的媳婦。邵培元將女另嫁，理直氣壯；沈石氏出而阻攔，驚詫莫名。未婚夫死，應否守節，聽憑本人意願；不願守節，強其所難，實在有傷天和。另據稟稱：邵氏家財萬貫，素有財主之稱。財主不財主，與女兒改嫁何關？親家不親家，且圖他嫁妝三百。所想非分，概不支持。狀紙擲還，所請不准。此判。

黃氏七房三嫂娘家富甲一方，給愛女準備的嫁妝一世也用不完。不幸的是三哥是棵病秧子，訂了多年的親事來不及完婚就歸天。女方原可以退親他嫁，黃府倒是沒有人阻止，只是姑娘一心想當守節烈女，非嫁進黃家不可，硬是帶著老媽子和丫環過門，成了名符其實的望門寡。

七房的大院子是座典型的閩南式住宅，四面房間圍繞著大天井，大門邊角有口水井，東、西、北向房間都是下人的住房和生活間。主人朝南三間正房，左右兩間是三嫂的閨房，中間大廳隔成前後間，前面為會客中堂，後面庵堂供奉觀音菩薩。三嫂活動的地點就只在這三間房，中堂僅是個擺設，從來不會客。閨房內帳幔長垂掛，每日接觸的僅只老媽子和貼身丫環，除了到後間誦經念佛，吃喝拉撒睡全在屋子的北端。

自八房的侄兒春如過繼給三嫂，昔日只聞木魚聲的宅子從此熱鬧起來。侄兒叩拜過三伯的神主牌正式成了七房的傳人，三姆喝了侄兒的茶便成了他的母親。小時的春如不算太壞，偶爾偷家裡的小東西三嫂並不以為意，恐怕太嚴厲叫族人非議。

有一回春如與街上的孩子彈玻璃珠，最後輸了沒錢還，被他們打了一頓，吐了一頭一臉口水，街坊二流子們嘲笑黃家孫少爺賴帳不要臉。這一場羞辱深深刺傷了春如的自尊心。身為黃府的貴冑子弟，身上沒一個子兒，實在慚愧莫名。三姆亦即母親深居北屋，值錢的東西全在那裡，得想想辦法……

有天午飯罷，熱辣辣的日頭叫人直打瞌睡，丫頭老媽子熬不過都打盹去了。春如親眼看見母親進東邊睡房已經有好一陣子，便脫下鞋子悄悄溜進北屋。前不久春如才給叫上來，三嫂在東屋發話，他在中堂垂手聽訓，眼睛卻是賊溜溜到處轉。整個大廳只有字畫，架上的瓶瓶罐罐確是值錢的古董，可惜當時小兒不懂。後廳乃三嫂念經所在，諒無值錢的東西。

「值錢的財寶都鎖在自己閨房內」，春如心裡罵著失望地往回走。小子突然靈機一動再瞧瞧西屋，這是「老虔婆」起居飲食生活間，裡面說不定有好東西。門是虛掩著的，輕輕推進去，所幸戶樞沒有發出聲響。房裡頭黑呼呼的，適應了一會兒才看清楚。前面是吃飯的桌椅，後面有一個洗浴的大鋁盆，是陪三嫂嫁過來的。陽光從西面的窗子透進來，恰好照在牆邊的針車上，是三嫂陪嫁的勝家牌縫紉機。總不能白忙一回，拉開衣車的兩個小抽屜，左邊有幾包車針和線，右邊是幾個鋼梭子，隨手拿了兩隻。

兩隻勝家牌縫紉機梭子倒是挺值錢，賣了整整十個龍洋！春如意想不到發了筆小財，吃喝玩樂一段時間，三嫂久未縫衣，竟然沒有發覺。春如為自己的成功暈頭轉向變本加厲，越來越吊兒郎當遊手好閒。臭小子突如其來地開了竅，琢磨怎樣花掉這一份本不屬於他的身家。

兒子要成家立業是天經地義的事，兒子要納妾是為了壯大門戶，兒子搞大一個個丫頭的肚子，為的是給七房繁衍子孫……飽暖思淫慾不過是小事，抽上大煙才是敗家的開始。東廂房是春如大小老婆的閨房，西廂房闢為鴉片煙館，煙榻上幾支大煙槍，白花花的大洋換成黑乎乎的福壽膏，供少主人及其狐朋狗友享用。主子為了更寫意地吞雲吐霧，特地買來兩個專攻燒煙泡的丫環。

家族若有要事相商，劉氏便代表六郎來，坐在中堂和房內的嫂子對話。這一次是三嫂叫人通知六郎有急事，劉氏帶了黃曉璇過來，小孩子好奇地想見三姆，卻始終看不到三伯母的廬山真面目。

「六弟妹啊，我前世不知是殺人放火，還是姦淫搶劫，今日青燈守節只為修來世，可是黃家安排給了我一個什麼樣的兒子！現世啊！嗚嗚嗚……」房內的女人泣不成聲。

劉氏轉達了三嫂的哭訴，但是誰也幫不了她。六郎自己也吸鴉片，他憑什麼理直氣壯地批評那個好侄兒呢？

同一根苗子，黃春如的親兄弟黃冬舟是另一種類型，這小子太靦腆了，未說話先臉紅。父親死的早，在兒子的印象中已然模糊，自幼入住叔叔家，叔叔便成了侄兒心目中的父親。叔叔是正人君子，是族人的主心骨，是冬舟做人的表率；叔叔是個嚴厲的老師，將他的學問傾心傳授。冬舟感恩叔叔的另一原因，是他給了自己一個充滿溫馨的家，這個家中有他至愛的妹妹曉璇。妹妹太天真不懂事，冬舟卻知道叔叔患了無法治癒的肺病，因為這個病需要抽大煙，而大煙不過暫時延緩叔叔的命，並不能根治。

六郎有個師叔吳藻汀乃桐城名流，早年在晉江教過書當過校長。吳藻汀系同盟會會員，與六郎志趣相投，積極支持民國革命，曾被選為福建省議會議員，出任晉江教育局局長，後來受聘在桐城多家中學任教。吳藻汀喜歡研究民俗學和地方史，編撰整理出版過《泉州民間傳說》。這是歷史上有記載的。

吳藻汀有一個嗜好世人未必知，此君因嗜阿芙蓉家中貧困常缺錢，若是煙癮上來又沒有煙膏，就到朋友家中蹭。他最常留步之處是黃府，因為六郎的老師是吳藻汀的同門。仗著「師叔」的名頭吳藻汀常來往，算得上是六郎的煙榻友人。

一日黃曉璇正在寫毛筆字，抬頭見到吳藻汀進書房，亮起銀鈴般的嗓子，清脆地叫了聲「師叔公」。吳藻汀看了孩子的字，驚嘆道：「大小姐的字這麼漂亮，真正名師出高徒哪，咱可是同一個祖師爺呀！」

這時六郎已經替吳師叔燒好了煙泡，吳藻汀進去接過煙槍，噗噗噗一口氣過足煙癮。躺在畫室內的小睡榻上，對著鏤空白銅座小油燈，精神鬆弛分外愜意，師叔嘮嘮叨叨，不理他說些啥六郎頗感親切。他們聊起黃曉璇的字，吳藻汀乘機將世人的學問批評一通，感嘆龍遊淺水時不我予。接著又是責備師侄，為何不送女兒上新學堂？自己的女兒已經就讀民國小學。

「我說六郎，別誤了孩子的前途，你個人的學問有口皆碑，可是時代不同啦，學堂教的科學、數學、體育、音樂、家政，你曉嗎？」

「女兒已經能寫文章，毛筆字也還可以，珠算打到二位乘數。難道從一冊讀起？」六郎沉思一輪，似乎動了心，考慮起女兒的讀書細節來。

「這個你別擔心，包在我身上。教育局那些龜兒子見了我能不買帳？等我消息吧。」師叔拍拍布褂上的煙灰告辭。

吳藻汀第二趟來黃府，除了蹭大煙還帶來好消息，說黃曉璇被允許插班跳讀四冊，與他女兒同班。

「直接去佩實小學找校務主任，已經安排妥當了。」

佩實小學是桐城著名的私立學校，每個學期收四個袁大頭，爸爸就此拍板決定送女兒上新學堂。黃曉璇興奮莫名，迫不及待將好消息第一個告訴小哥。黃冬舟有些愕然，說不出是高興還是驚詫。妹妹八歲就可以插班讀國小四冊，自己僅僅讀過幾年私塾，雖也有一筆好字一手華麗文章，卻無法在社會上謀事。只嘆自己歲數大了又沒錢交學費，想想妹妹前程無量，他日兄妹終會分道揚鑣，心裡越發難過，一夜輾轉反側。

會做針線的四伯母最疼惜曉璇，讓六郎向吳藻汀的千金借來一套學生服，左右比度一番，再親自替姪女量身。只見她將布鋪在大桌上，拿粉片在布上畫，剪刀斯斯地裁下一片片料子，放置籮筐裡，而後扭著小腳到三嫂家借用她的勝家縫衣車。但見腳下的輪子飛馳，迅即製出衣服的粗胚，回來將車好的細長布條剪成一段段，左扭右旋，做成一個個扣子釘在衣服上。領子最費工夫，漿得硬硬的燙直了才縫上去。漂亮的新衣服做好了，窄窄的丹青斜襟短布衫，寬鬆的黑色綢布長裙，穿在黃曉璇身上，小女孩瞬間變成一個新潮洋學生，把家人全看呆了。

自此黃曉璇每天一早在保姆表嫂的陪同下上學。初來乍到環境不熟悉，幸有吳小姐受父親囑咐勉力向同學作介紹，黃曉璇方不致太孤單寂寞。每一門功課她都可以勝任，唯獨算術，因為爸爸只教她打算盤，且只學到加減和二位數乘法，不懂筆算公式，這一門功課始終最差勁。

最初表嫂接送黃曉璇上下學，後來她鄉下的丈夫生病，孫子孫女一大堆兒媳照應不來，表嫂便辭工回鄉下。爸爸想請個老媽子背女兒上學，豈料小哥自告奮勇負責接送妹妹，說反正閒著也是閒著。四嫂也表示願意照顧姪女的起居。妹妹總是事無鉅細向小哥匯報每日所為，讓小哥分享她的校園生活。因為要完成學校的功課，與冬舟的耍樂便少了，天真的小姑娘不曉得小哥一味收聽不發問，越來越內向了。

讀到四年級黃曉璇十歲了。冬至翌日吳媽給小姐煮了兩隻雞蛋，替眾人做了一大盤長壽麵，爸爸勉強從床上起來用膳，天氣尚暖已經披上絨毛大衣。見他用筷子挑起幾根麵條做做樣子，便回房休息去了。黃曉璇向小哥打了個眼色，兩兄妹踅到後院看魚。妹妹偷偷留了一隻蛋給小哥，小哥擺手表示不要，黃曉璇將蛋殼敲破剝去一半，硬是塞到小哥口裡。黃冬舟紅了臉，取下蛋黃餵八哥。

「小哥！小哥！」八哥對著男孩拍拍翅膀叫，把哥哥逗樂了。

「小旋！小旋！」八哥對著女孩拍拍翅膀叫，把妹妹逗笑了。

正樂著，忽聽前院垂華門開啟，有匆匆腳步聲。原來六郎哮喘發作透不過氣來，媽媽打發田嫂請來郎中。兩兄妹急忙朝內院跑。這一晚沒有人能夠安睡，黃曉璇抵不過瞌睡蟲伏在爸爸床前，終被田嫂背回房去。

接連幾天一家人都無精打彩沒人說笑話。上下學兩兄妹亦沒有一如既往的交流，小哥明白叔叔油盡燈枯了。

黃六郎終於走了。

黃府辦起喪事。

以孝男黃曉璇的名義登報發出訃聞，佛教會成立了治喪委員會。東嶽山的墓地是一早買下的，砌墓穴打石碑刻墓誌銘，一應事宜安排妥善。守靈那晚多少要人和親友前來弔唁，開元寺一班高僧到來為六郎頌經。黃曉璇披麻帶孝，兩膝跪得紅腫，雖然年歲小，卻能忍受痛楚，一一回拜來賓。最後送父親上山時小妞幾乎成了一個木偶，由下人輪流抱著昏昏入睡。

過了七七四十九天，家中所掛的白綾帳都收下來，內內外外澈底做了一次大掃除。午飯後劉氏集合眾人到倒座商討大事。人人惴惴不安，決定命運的時刻到了。女主人說，大家都明白，天下沒有不散的筵席，先生歸天黃家塌了大半，不是不想再用諸位而是負擔不起，從今往後得勒緊褲頭過日子。先生的遺願要繼續栽培小姐，學業不能荒廢，支出必須從省。四嫂和孫炯少爺仍留下來，算是陪我們母女壯膽吧。吳媽年紀大了早該榮休，阿珠也對不住了。工錢已經算好，年終打賞都計算在內，兩位收拾收拾回家吧。二人早知會有今日，早已打點好了行李，領過錢眼濕濕地一齊出門。

黃曉璇放學回家，驚訝內院如此清靜，晚餐主僕六人圍坐一起吃飯，之後四嫂母子不另開伙。田嫂頂替了吳媽，買菜、漿洗、做飯；四嫂幫忙看門打掃、收拾園子，成了半個下人。黃冬舟喜在心裡，可以與妹妹日日相伴。

以前慧兒專職照顧先生太太，先生走了太太要她料理小姐的起居生活。這丫頭翹起嘴不言語，心裡是不大樂意的，因為在黃府已沒什麼奔頭（前途）。老謀深算的劉氏哪會看不出來？女大不中留，跟了自己這麼久，是該放她出去了。

媒人介紹南門外一喪偶的員外郎，年逾半百，子女皆已成家，兒孫滿堂。太太替婢女作了分析：時下謀生不易，落魄的富人生活無著，城裡多是做苦力的窮人，還是鄉間財主實力雄厚。桐城北門、東門外土地貧瘠，富有的鄉紳多在南門、新門外，富豪除了擁有土地，更有南洋的外匯。慧兒目睹富貴人家的興衰，明白自己已屬大齡女，沒有挑剔的條件，默默應許了。

一頂掛著赭紅色簾幕的小轎將慧兒抬走，陪嫁的是王氏留下的兩床錦緞被褥和三套綾羅裙掛，反正沒人合適。劉氏貼送新婦一對薄薄的珠花，插在最顯眼的髮髻上。值錢的乃是其賣身契。四郎生前交代劉氏，須替慧兒覓個好人家。當然這只是六郎一廂情願的想法，也成了劉氏冠冕堂皇的託詞。沒有人知道劉氏私下收受了男家二百元銀票。

第五章 守孝

太太神前賭咒許願、實牙實齒答應先生，誓守住家業養大女兒。六郎身後的產業雖不多，省吃儉用也盡夠了，因而他去的甚為安然。家中五口人吃飯，每月有固定的利錢收入，較一般人家可以算是富裕的。奇怪的是小學尚差一個學期才畢業，劉氏就嚷嚷沒錢交學費。她特地告訴女兒去哪裡收利錢，可是這一家給了幾次就不見人，那一家乾脆黑起臉不給。借方賴帳債主本可理直氣壯地報警打官司，只是劉氏沒有理會。沒錢交學費黃曉璇就得退學，女孩急得哭了起來。就差一個學期，孩子怎麼甘心？

小哥替妹妹急得搔頭不已。要是有四個大洋就好了，遺憾的是自己太窮了。六叔在生時不愁吃穿，每個月也有一點零用錢給。叔叔走後侄兒一文不名，只有年晚才有一點收入。一個窮得連墨也買不起的少年，經常天未亮冒著寒風去到漁市場，撿取墨魚販子丟棄的墨魚膽，將一大堆黑不溜秋的東西丟進俗稱「加次」（鹹水草編織的購物袋）裡，如獲至寶。

風雨無阻。

得來的墨魚囊經井水沖洗去除雜物，晾曬於大太陽下。男孩耐心地翻轉這些寶貝，待曬乾曬透後收藏起來。初曬時蒼蠅聞見腥味不時飛來，劉氏見了捂著鼻子，顯見嫌惡不高興。黃冬舟便在園子裡拍蒼蠅，一隻隻挾起餵雞。如此翻曬了好些日子，約莫儲夠了才罷手。

過些日子男孩在飯桌上鋪一張大紙，將曬乾的墨魚囊拿出逐一輕挑細剖，揀得乾乾淨淨無一雜質呈純黑色，之後將這些黑色家伙傾入小石臼，輕輕研磨成粉，用小勺子舀起裝入玻璃瓶，將蓋擰實。每逢哥哥製造墨粉，妹妹總要跑來幫手，卻遭黃冬舟嚴拒。小哥要她專心做功課，就快參加畢業考試，一定要爭取拿到好成績。假如妹子不聽話，小哥就作勢用黑手刮她的臉，威脅讓妹妹變成「包大人」。兩兄妹的逗樂令冷清的宅子歡欣起來。

明天是臘月十六，閩南人俗稱「尾牙」，預示眾人準備過大年。黃冬舟買來幾刀大紅紙，裁成一定的長短和尺寸，用鎮尺壓著。墨魚膽製成的粉末派上用場了，此時被倒入硯台加水研磨調成濃濃的墨汁。黃冬舟略加思索，揮毫寫下叔叔走後黃宅的第一幅大門春聯：

桐城錦繡新街老巷辭舊歲／閩地和諧綠水青山迎新年

年輕人思潮如湧，大筆一揮，楷書、隸書、草書、行書，備下一大堆明天上街擺攤的「福」字和春聯。哥哥的生意忒好，每天早上帶出去的貨晌午便賣光，回家再奮筆疾書。然而收入相當有限，就算小哥不留一個子兒給自己買紙筆，賣到大年三十也不過兩個孫小頭。過了農歷年春季學期馬上開學，就算叔叔往日的朋友仍會上門送紅包給小姐，可都得經劉氏的手。小哥暗示小妹，今年的紅包不要全交給媽媽。小哥提醒了黃曉璇，從小到大自己的利是不知有多少！媽媽不是說給我儲蓄做嫁妝嗎？我只要四個大洋！一向大人把紅包拆開倒入竹筒，媽媽將竹筒收藏在自己的房間內。

今年是黃萍秋走後第一個可以迎客送親的春節，親友故舊都念在六郎的情份上來給大小姐賀年，劉氏乃小妾，何來如此高貴的地位？女人想要錢惟有緊緊拿女兒作擋箭牌。所有紅包不少於往年，不少富有者甚至多送一點表示對孤女的憐恤。黃曉璇沒有機會獨自應對客人，紅包無一不落入劉氏手中。

過了年就開學了，晚間黃曉璇大哭大鬧不肯睡覺，四嫂聽兒子說過學費的事，疑心劉氏有古怪，憂心忡忡又無可奈何。她來到正房對劉氏悄聲說，「六妹，小姐大概身子不舒服呢？」

劉氏不耐煩地踱到西廂房，「我的大小姐怎麼啦？」

黃曉璇哭的更兇，口口聲聲喊「爸爸」，把四嫂也惹哭了。

「我知道你要學費，可是那些紅包是家人一年的生活費，你能不吃飯我把錢全給你。不就差一季費用嗎，叫你師叔公想想辦法，他吃咱黃家的鴉片還少嗎？」說完揚揚手帕扭轉身子回房。

黃曉璇哭累了終於睡去。

女孩第二天起個大早，跑到東街菜巷吳家對面榕樹下，一直等到吳藻汀出門，放開喉嚨高呼師叔公，把個老吳嚇一跳。原來是故友之女，當是有求而來。想到六郎在生對自己的好，而今沒錢，若想抽兩口找哪個蹭煙去？感念故人的情誼，倒是挺樂意幫忙，無非動動口而已。聽了女孩的哭訴，拍拍胸膛，一句「包在我身上」，心裡倒是奇怪，黃府不至於這麼窮呀！

開學了，黃曉璇沒交學費仍如常上學去，吳藻汀沒有食言。

悠長的守孝期對劉氏而言太漫長了。年輕時在琴棋書畫上學了點皮毛，附庸風雅為的是討好客人，並非真有什麼興趣和學問。而今琵琶弦斷，無人相陪奕棋，沒有娘家親戚往來，家中又不能開檯打麻將，想起打牌的快樂，手癢的不行。有時想溜出去找舊友玩兩手，又恐女人嘴疏走漏風聲，傳出去就壞自己的大事。當今世界，什麼事不上新聞紙，千萬不能冒這個險。忍，忍，忍，「忍」字心上一把刀，嘔心瀝血啊！

苦盡甘來坐滿三年監牢，終於可以揚眉吐氣了。昔日一班老牌友陸續來訪，她們是東街茶莊陳老闆的太太、奎霞巷吳醫生的太太、陳太的親戚林太。還是老規矩，各家輪流設牌局，輪到坐莊的抽水招呼茶點，有時則吃頓簡單的菜飯。賭徒的心思都在牌局上，吃啥並不在意。劉氏天天打扮得光鮮亮麗，惟恐辜負一大堆好衣裳。

輪到劉氏坐莊勢必十分隆重，田嫂除了沖茶遞水，當餐必須炒粉、炒麵，外加甜湯，加倍伺候。今天上門的是陳太、吳太以及一位陌生男人，道是林太太有事，唯恐三缺一叫侄兒頂上。兩位太太年歲較劉氏大，衣著保守，一式玄色長衫襯金項鍊。洗牌時左右兩隻大金戒子晃的人眼花撩亂。劉氏腕上玉鐲子手上翡翠戒，晶瑩剔透，湖水綠緞旗袍開高高的叉。三十出頭的新寡如出水芙蓉，白皙的瓜子臉上淡掃蛾眉，薄嘴唇塗得鮮紅欲滴，雲鬢蓬鬆往上攏，一頭電燙秀髮齊肩。碰！久旱的女人露出一口白牙，萬種風情對著面前的瀟灑男子，有意無意眉目傳情。

有日劉氏對四嫂說，坐吃山空，我想去濱城走走，看看有沒有什麼生意可以做。有個臺灣朋友搞字畫買賣，六郎有幾幅字畫帶去給他過目，瞧瞧能值幾個錢。小姐要上學，留你看家吧，冬舟陪我去。小哥聽說六嬸帶他出門見識世界，高興得跳起來，替嬸嬸捆綁行李搬來搬去不亦樂乎。劉氏的行李還真不少，幾個籐篋裝的字畫都是叔叔生前的收藏。

四嫂和黃曉璇到碼頭送行。能夠出行令小哥很開心，妹妹可以上學更是他快樂的原因。黃冬舟扶嬸子上了船，轉過身朝母親和妹子揮手，雖只是短暫離別，卻是如此不捨，兄妹眼中都閃著淚光。四嫂的手巾都濕了。最淡定的是六嬸，一副見慣世面的樣子。

抵濱城找了家客棧盤桓數日，劉氏對侄兒說，你叔的東西要拿去臺灣找專家鑑定，我怕他們換了假，或許一起過去看看。一時半會搞不了，咱先住下來。旅舍的費用我已經交了按金，回頭再結帳。朋友的兒子會帶你到處走走，這兩個龍洋收下傍身，些須零碎錢應花得花，別讓人笑話咱鄉下人。黃冬舟唯唯諾諾。

這一邊廂。

黃曉璇行完畢業禮的當天，四嫂發現劈開的兩半竹子，起初百思不得其解，後來終於揭了曉，鐵定劉氏將一去不返。當四嫂發現正房所有值錢的東西都不翼而飛為時已晚。嚴厲的家規令下人不敢窺探主人的一舉一動，何況劉氏一早居心不良。外面放出去收利息的錢劉氏與對方協商取回大半銀票；六郎收藏的古董字畫無一不捲走；黃曉璇十二年的紅包，整整一竹筒袁大頭，少說四、五百元，一個不留統統劫走。還有六郎救命的一罐福壽膏，起碼值八百元，一早不見了蹤影。

四嫂頓時軟了手腳，柔弱的女人從未主持過大事，雖也經歷過喪夫的痛楚，那是在族人的支持和六弟的承擔下，才挺了過來，儘管生活不富裕也還過得去。六弟過世時自己確實擔心了好久，慶幸小嬸外似霸道，心倒寬容肯容納母子二人。可是，今天發生的事太不簡單，顯見劉氏早存異心，悔恨自己怎這麼傻，同一屋簷下任其劫掠！瞧正房箱籠內的東西幾乎搬空，帶不去的只剩被褥和冬衣，若非嫌行李笨重難掩人耳目，恐怕啥也不會留下！

女人一邊抹著眼淚悔恨不已，一邊顛著小腳向族長家奔去。繼任黃氏族長乃伯祖父那邊的同輩兄弟。黃宗澄的子孫皆非等閒人物，在社會上頗有地位，反而不喜理會宗族間雞毛蒜皮的小事。因為六郎仙逝，責任才落在這位休閒的族兄弟身上。族長聽了四嫂投訴，甚覺事態重大，立即趕到六郎府中察看。

只見黃六郎庭院依舊人面全非，自是感慨萬千。他吩咐兩位族中子弟看好門戶，命他倆幫助四嫂和田嫂立即清理府中所有物件，主人的東西歸一邊，小姐的東西歸一邊，下人的東西歸一邊，逐一登記莫遺漏，切切。而後匆匆離去。

黃六郎妾氏席捲家財遁逃的消息傳了出去，轟動桐城。麗娘的主人看報得知向她提起，把麗娘嚇的邁不動腿腳。女兒，女兒，她一心只掛記女兒，急欲去看女兒，還是主人心細，怕她亂了心智，叫人僱車護送她進城。

車子才在門口停下，麗娘便跳下去，輕輕一推街門，看守的竟是不相識的年輕人。人面桃花，蕭瑟的黃府已非十多年前的貴人府第，竟然呈現一幅敗落的景象。兩個族人安撫不了四嫂的徬徨，女人只覺渾身打顫什麼事也做不來。黃曉璇受了驚嚇發起高燒，額頭滾燙滾燙說著胡話，聲聲喊叫「爸爸」。田嫂打來一盆井水，用冷毛巾擦拭孩子的身子。

「曉璇，曉璇，」女人徑直衝進女兒的房間。「我的女兒！我的女兒！」將孩子擁入懷中，麗娘無法控制自己，淚如雨下。孩子彷彿在母親懷中找到依靠，熱度漸漸退去，慢慢酣睡。

第二天麗娘找到黃氏族長，陳述女兒當年是過繼給黃萍秋，秋哥既去，劉氏又遁逃，家已不家，女兒尚未成年，應該跟自己回江村。族長覺得所言極是，所謂「原罗歸原母」，不能拆散人家骨肉。既然族長默許，麗娘立即替女兒打點幾件衣物，背著病得昏昏沉沉的女兒出巷口，叫了輛車子回江村，也不去主人家了。

那一邊廂。

黃孫炯在濱城住了好些天，無所事事心神不寧煩躁難當，對陪他的人說想親人要回家。那人答，也好，你先回去，待你嬸嬸辦完事自會歸家。遂替他買船票送他上船。單純的小子在船上無聊之至，恨不能像海鳥那樣快點飛回去，惟有安慰自己就快到家，馬上能看到母親和妹妹，強制自己定下心來。

船在南門兜上岸，黃冬舟手拎小籐箱走大半個時辰方到家。按下急遽的心跳，裝著矜持放慢腳步輕扣街門，開門的並非自己的母親，而是一張陌生面孔。前院空無一人，偌大的內院亦靜悄悄的。他覺得似乎有些不妥，驟然間疑雲密布，失聲喊起來：「娘！娘！」完全不顧平常斯文禮貌的少爺形象。

「孩子！」此時披頭散髮的四嫂突然從正房竄出來，抱緊兒子歇斯底里痛哭。黃冬舟丈二金剛摸不著頭腦，將眼睛到處掃，東西廂房兩邊皆沒有任何動靜，顯見房裡沒人。小妹已經放暑假，若知我回家一定撲上來，到底上哪兒去了？此時田嫂從耳房衝出來，諒剛才是在燒火，淚臉被煙薰得像大花貓。只聽她叫了聲「少爺」便泣不成聲。

怎麼啦？發生什麼事？他的腦子開始糊塗。

「妹妹呢？」他突然想起妹妹，這才是他最關心的問題。

「生母帶曉璇回江村去了。」

……

黃冬舟明白了，什麼走濱城做生意，什麼找人鑒定字畫，全是陷阱，全是圈套！小子突然一拳朝院牆打去，那堵牆竟然凹了一個洞，沙土飛落泥粉四濺，牆裡面樹著一根根蘆葦桿子。真個是「金玉其表，敗絮其中」啊！

黃孫炯少爺雙眼上吊兩睛翻白，一口痰湧上來暈死過去。郎中趕來救醒了人卻救不醒其心智。冬舟少爺瘋了。

第六章　江村

南宋泉州太守王十朋詩云：「清源水接南溟闊，紫帽山齊泰岳喬」，清源之奇以石，紫帽之秀以峰。桐城才子陳紫峰以「清來源水寒生北，紫染帽峰秀出南」吟誦家鄉南北兩座名山。紫帽山位於桐城西南隅，海拔五百多米常有紫雲覆頂，故以紫帽名之。唐時山頂築金粟洞，元德真人居此修真。傳宋寧宗避居此地曾手書「金粟之洞」四字，明代尤建有道觀和凌霄塔，皆已毀，山上僅保留宋、明、清石刻數方。山上花木茂盛清幽恬靜，自古享有「紫帽凌霄」之譽，乃桐城一勝景。

紫帽山脈層層疊疊，時而峻峭參天，時而含蓄蜿蜒，或玲瓏如玉，或回顧生媚。山間高崖飛瀑泉水叮噹，時寬時窄，曲折回旋風韻有致。山下紫湖、紫溪碧波蕩漾，沿湖四周山坡遍植果木，春有楊梅、楊桃、水蜜桃、夫人李，夏產龍眼、荔枝、蓮霧、旺梨，秋季柿子如燈籠掛於枝頭，濃蔭蔽空鬱鬱蒼蒼。難怪僧人道士能於此處修成正果。元白樸之《天淨沙・秋》曰：「孤村落日殘霞，輕煙老樹寒鴉。一點飛鴻影下，青山綠水，白草紅葉黃花。」正是紫帽山下江氏村落的一幅秋景。

被麗娘據理力爭奪回來的女兒淹淹一息。女孩迷迷糊糊氣若遊絲，魂魄迴旋在夢中尋「爸爸」，哭醒了阿母扶她如廁，替她洗頭抹身換衣物，逼她喝下粥飲下湯藥，又糊裡糊塗睡去。如此折騰了整整一個夏天，待將息到可以勉強下床時，橢圓的臉蛋成了瓜子型，忽閃忽閃的大眼睛不復存在童真，而是過早地呈現一絲兒蒼涼。沒有文化的麗娘如何懂得，女兒的肉身雖是你所生，可是她的精神不同於你的層次，十三載浸淫於富貴的官宦人家，呼吸的是書香世代的氣息，從骨子裡與純樸的江氏農戶完全是兩個世界。然而阿母快刀斬亂麻，不加思索不容分析，將女兒一切應有的權利剝奪了。

所幸青山綠水能治百病，起碼能讓你暫時丟下一些人放下一些事。無論情場失意的、生意場失利的、被人背叛的、遭人遺棄的，來到這裡均可以忘卻，可以痊癒。江村是專供人療傷的地方，何況一個未成年的孩子，能有多少哀傷？祖屋房子非常大，俗稱五間張大厝，生活間都在護厝，正屋廳堂和廂房很少有人進來。偌大的宅子只於兩邊護厝各住一對寡居的母子。廳堂兼作祠堂，大廳內供奉著祖先的牌位，逢年過節同宗族人會前來拜祭，平時倒是很幽靜。江曉璇在這裡出生，住回自己的大房間，房內有個閣樓，也算得是大戶人家閨閣。

農戶人家的日子是春種秋收，是柴米油鹽，日出而作日落而息，哪來那麼多之乎者也無病呻吟。打開大門望出去是成片稻田，不是綠色秧苗便是金色待收割的莊稼，冬田播種紫雲英，羊腸田埂蜿蜒其間。偶爾見到田間有個小小池塘，浮萍滿池鵝鴨戲水。天藍藍的雲彩白白的，走走停停，有時忽然間天昏地暗呼風喚雨，眼看石埕上晾曬的谷物就要遭災，家家戶戶不露面的人都倏地跑出來，奮戰不懈仿若撕殺於戰場。

村邊小橋流水，那水流不叫溪流而稱「浦溝」，似是人工挖掘的。橋上人和牛過，橋下長流水，除非夏季上游發大水帶混濁的泥土，水一向清清的嘩嘩地流。農家女人在橋下淘米、洗菜、刷鹹菜甕，杵衣棒槌此起彼落。傍晚橋上趕牛趕羊群的娃兒興起，把畜牲趕往榕樹下歇著，脫光身子撲通撲通跳下水，你追我趕，你揪我頭髮我潑你的臉，嘻嘻哈哈鬧不停。這就是日復一日、年復一年、一代傳一代農家過日子的聲音。破曉雞啼日落歸家，種瓜得瓜種豆得豆，不偷懶、不貪婪、不浪費、不鋪張，任它外面改朝換代，我自巍然不動。

城裡萬花筒般的景象如過眼雲煙，喧囂富貴似嘉禮賀壽戲，終要偃旗息鼓鳴金收兵。高門大戶說敗就敗，高朋滿座說散就散，樹高千丈落葉歸根，繁華似錦到頭來仍是居家過日子的細水長流。江村的風善解人意，幫你驅散無盡的煩惱；江村的水潺潺不息，為你洗滌一身的風塵；所有的失意落魄、傷痕累累，除非病入膏肓，均可以治癒。

麗娘不再去主人家，老闆結算了工資叫人送來，算是賓主一場，對死去的六郎也有交代。江村寡婦孤兒靠的是南洋年底寄來逐戶分派的一丁點現錢，大抵每戶十元，這十元便是一年的鹽、柴、衣物和頭疼腦熱看醫生支出。公家按人頭分收益：稻穀、大小麥、大豆、花生。分得一點大豆須留著做豆豉；幾斤花生拎去油坊搾，細水長流地做菜用；數紮稻草麥桿，加上撿枯枝掃落葉能燒多久？鹽和柴都需要買。麗娘自己闢了塊園子種上蘿蔔芥菜，收成了用來醃鹹菜。豆豉和鹹菜是農家桌上一年的餸菜。想要開葷得養雞生蛋，或叫孩子下池塘摸田螺，或去小溪泥溝篩小魚。豬肉和雞過年拜神才有，大家庭才養得起豬。

幸虧江玉璋長大了。兒子讀了兩年中學未畢業便輟學，為娘實在供他不起，兒子也不要母親太辛苦。族長可憐孩子自小沒爹，十五歲上就派他到鄉公所當跑腿。在鄉公所除了當通信員辦公事，更多時候是替鄉長富戶辦私事，江玉璋識字懂事嘴又緊，很得父老鄉親疼惜。鄉間羊腸小徑，富人出入坐轎農人徒步，往來信息傳遞太慢無可奈何。桐城並非落後地區，市內達官貴人已有人用車代步，不少年輕人能踩自行車。這一年僑商贈予鄉公所一輛單車，本是天大的喜事，頭頭們卻樂不起來，皆因他們一襲長衫且年紀不小不敢嘗試。最後公議將車子的使用權交給通信員。

江玉璋長長的腿一跨馬上會了，後來駕輕就熟到單手、負重皆可駕馭，鎮上、城裡到處跑，寫意至極。村裡的孩子們聽見叮嚀嚀鈴響，有的自動閃一旁讓道，有的跑進村公所，報告璋哥兒來了。江玉璋成了村童心目中的英雄。轉眼十九歲了，別人家的兒子已經訂親，他是一點不動心的。雖然他沒穿長衫，但天生不是個農人，細皮嫩肉皮膚白淨；難得開腔，開口也從未粗聲大氣。輟學後他不曾與村人埋堆，對姑娘也不多瞧一眼，不是躲在屋裡看《七俠五義》，就是獨來獨往。現在的他留著分頭一身學生裝，鼻樑上一副眼鏡，與鄉間的富人窮人都不一樣。

自從母親揹著妹妹回來，兄長知道自己肩上有多重。他不怕負擔，那是至愛的親妹妹，小時兄妹分開實屬不幸，妹妹能在秋伯的撫養下成長應該感恩。現在妹妹回來了，是做哥哥盡責的時候了。早一陣子有人告訴他，黃府有事通知，今天他要進城走一趟。他和母親每年都去給秋伯拜年，伯伯去世時也去送殯，其時見到幼小的妹妹長跪謝客，那樣子真可憐。沒有想過妹子終究要回來，她能慣嗎？鄉間的日子與大宅門根本是兩個天地。一路胡思亂想拐入鎮撫巷，開門的是個生面孔，道明來意讓他將單車拎進屋。

大院似乎沒有住人，正確地說，是沒有住家的氣息，即便打掃得很乾淨，也給人蒼涼的感覺。但願是自己的錯覺吧。

一個女人從西廂房走出來，「這不是江少爺嗎？」

江玉璋愣了一下，想起是黃府的田嫂，以前胖胖的，現在瘦了一圈。慌道了聲：「田嫂你好！」

田嫂問：「你母親好嗎？」

江玉璋點點頭。

「小姐好嗎？」這一問則是哭聲，眼淚禁不住地滾落。

江玉璋再男子漢也哽咽了。

田嫂帶他到黃曉璇的睡房，指著一堆東西說，小姐的被褥衣服都揀出來洗乾淨了，還有她的書包筆墨用具全在這兒，可惜沒有留下一點像樣的東西，那婊子太狼心狗肺。說著又哭起來。江玉璋正不知該怎樣安慰田嫂，突然有個影子閃過，叫他吃了一驚，好在是大白天，若在晚上處身如此空洞的大宅子，不嚇死人麼。

「是冬舟少爺。」說完田嫂更難過了。

她絮絮叨叨地敘述「小哥」怎樣受不了刺激，精神有些不正常，晚間不能睡覺到處遊盪，最喜到小妹房間瀏覽。

「待你取走這些行李，我也要走了，四嫂母子搬了回去，這房子有人來接收呢。」

一梱紮實的錦被，一隻大籐箱，綁縛在腳踏車後座，其他零碎物件裝入網籃掛到車前。看起來挺笨重的，田嫂擔心東西會掉下來，江玉璋請她別擔心，說自己車技絕對一流。最後再瞄了瞄這大宅門一眼，百感交集，說不出是怎樣的一種心情，作別田嫂推車步出街門。剛登上腳踏板要走，覺得車子被扯了一下，回頭竟是黃孫炯少爺。江玉璋不敢相信自己的眼睛，要不是田嫂剛剛提過，眼前分明是個陌路人。往日白白淨淨未說話臉先紅的斯文少爺，而今面容枯槁骨瘦如柴，倒是穿的乾乾淨淨。江玉璋可憐起這公子哥兒來，自己雖窮卻身強體健，可冬舟少爺怎麼捱啊？

「大哥，小妹他……」他終開了口。

「小哥放心，小妹很好。你要愛惜自己……」

江玉璋怕自己腳軟邁不出去，把心一橫，飛將起來，頭也不敢回。

回到江村，妹妹看見自己的舊物，又是難過一番。江玉璋想分散她的心，說妹子別忙收拾，哥給你介紹一個姐姐，她想認識你呢。江曉璇天性與江玉璋一樣孤傲，根本不想結識什麼朋友，可也不能拂了大哥的心意，就默默隨他出去散步。

「春分秋分，日夜平分」，太陽還在天上，時候早著呢。兩兄妹沿鄉間小路閒逛，一路上並沒遇上村民，農人都在田間忙著。鄉間沒有閒人，女孩子要嘛大字不識一個，自小跟父母學習耕耘稼穡、養豬種菜，他日嫁個農夫做個農婦，生兒育女。只要家中有幾畝薄田，老公任勞任怨，死去有六塊板裹身，就算幸福一生了。大部分農村姑娘都是心甘情願認命的。

可江村是僑鄉，若父親在南洋做生意賺大錢，家中女兒豐衣足食，不止學習女紅針黹，也跟師塾老先生讀書識字。這等女孩子通常已訂下親事，必是門當戶對的鄉紳人家，父母一早替之備下豐厚嫁妝，她們是農村中的有閒階級，一心待字閨中。初到江村的江曉璇身分界於二者之間，她既當不了農婦，又沒有絲毫陪嫁，是異常尷尬的另類。

村東的大宅子比村西江玉璋家老宅還漂亮，不僅是「五間張」，而且前後三進。屋脊上飛天獸吻、龍翔鳳舞，琉璃瓦在陽光下閃閃發亮，大石埕的花崗岩打磨得非常細膩，在夕照中亮堂得有些刺人眼睛。如此富有，想必去南洋的人發現了金礦。江玉璋因為送信或通知開會是經常來的。這一家的姑娘算起來是他們的堂姐妹，知道玉璋的妹妹長於名門中，已經在民國小學畢業，很想與之交朋友，言談之中是頗傾慕的。江曉璇本不想高攀人家，可是大哥怕妹妹寂寞，一番盛情替她物色閨友，惟有勉為其難。

看家狗吠了三聲，下人開了大門恭迎兩兄妹進屋。小伙子是常來常往的，小姑娘也是村中的新聞人物，聰明的家人知道必定是來找小姐的。

「歡迎歡迎！」人未到聲先到，足見此人在家中無拘無束，地位超然。跑出來一位漂亮姑娘，白色絲質短衫黑綢長裙，約莫十五六歲模樣，珠圓玉潤體態丰盈，小小的鼻峰薄薄的嘴唇，炯炯有神的大眼睛，渾身洋溢著青春熱情。姑娘指揮家人捧上兩杯井水「冰鎮」過的蓮子茶，一一作揖讓座，禁不住的笑意映紅圓圓的臉頰。

「是璋哥兒和璇妹妹啊，難得難得。本家兄妹要常來常往，歡迎曉璇來與我家素娟作伴。」一位富泰的「番客嬸」走進廳堂，著灰底白碎花綢套裝，腳下一雙白緞綉花拖鞋，髮髻蓬鬆，諒是江素娟的母親。

江素娟邀請曉璇馬上去她的綉房聊天，江曉璇望向哥哥，是一副求救的眼神。江玉璋意會，說小妹剛病癒不能太累，天就快黑了，阿母等吃飯呢。今天特地帶妹妹過來介紹你倆相識，改日你們姐妹多交往吧。說完兩兄妹便告辭由原路回家。

一路上再無言語，母親已準備好晚飯，往常都是吃稀飯，兒子難得回來煮的乾菜飯。麗娘收拾好黃府拿回來的被褥和箱子，默默放上閣樓，只將文房四寶及算盤置於桌上，刺綉架子擱在牆邊。估計今晚女兒見到舊物必定又是一番傷感。

晚飯後江玉璋趕回去，平時他都在鄉公所值夜，經過江村方順路回家看看。小子對妹妹比對母親上心的多，有時給她帶點七彩絲線或綉匾什麼的，是去鎮上送信時隨手買的。油燈暗暗的，一絲黑煙裊裊而上。江曉璇見到書包神情惘然，索性吹了燈踅出邊門，坐在大石埕上看星星。江村的夜真美，萬籟俱寂，半盞圓月在層層疊疊的松枝間隱現。農人因勞累都早早入睡，遠遠地傳來池塘蛤蟆的呫噪，夾雜著隔壁漢子的如雷鼻鼾。

居江村小半年，江曉璇真是大門不出二門不邁，節慶族人來拜祖先，她緊閉房門看大哥借來的書籍。她也拒絕探訪大宅門，倒是江素娟時時過來。這位富家小姐像糖黏豆般，有事沒事找些借口，就是要黏住妹妹，一坐大半天。幸而姐姐夠爽朗可愛，終於為驕矜的妹妹接受，偶然三兩天沒來，江曉璇反倒有些思念，走出大門手遮涼棚望向來路。

今兒早起江素娟帶來一幅白緞子，說牡丹被子鴛鴦枕頭已經夠俗氣了，不能再忍受這些市儈的東西，帳簾一定要清秀的圖案，想來想去又不知描什麼好。

江曉璇道：「竹子怎樣？」

「妙！我怎麼想不起來呢？」江素娟拍了一下自己的額頭，格格笑起來。「好妹妹，既然你想得出就懂得做，這簾子指望你了！」於是扔下一盒絲線，道是今天有事要進城，轎子已經在村口，冬天日頭短不等人。一邊說一邊跑。

瞧江素娟心急的模樣，江曉璇心想，莫不是趕辦嫁妝去了。想想自己也是待字閨中的大姑娘，又有誰來關心我呢？真是同人不同命啊！望見桌上的小圓鏡，似乎看見眼角起了魚尾紋，大吃一驚，差點失手打破鏡子。跑到日光下仔細瞧瞧，原來是心理作用自己嚇自己，惟有苦笑。深深吸一口氣定下心，在白紙上描起來，一邊設計一邊冥想，添枝加葉一輪，心裡已擬好竹圖方案。一般人採用的是平面綉法，江曉璇要來個突破，先用普通白色縫衣線綉一層底色，再加上一層青色絲線，加強立體感，效果相當不錯。小妮子很為自己的創意得意。

待姐姐再次來找妹妹，已經是好些天的事了，因為埋頭苦幹，時間不知不覺地過去，江曉璇沒有工夫惆悵。帳簾差不多打了底，江素娟見到別具一格的綉工，贊歎不已。不出江曉璇意料，江素娟要出嫁了，婚期訂在明年初夏。

江素娟的未來家翁是她母親的族兄弟，南門外李姓望族。堂舅父在南街有家百貨公司，由大表哥負責打理。二表哥亦即江素娟的未婚夫在省城讀書，明年即將畢業。父母恐兒子結識其他女子留連外鄉難以管束，計畫兒子一畢業立即替他倆完婚。大戶人家的男婚女嫁本不簡單，想要在短短幾個月內籌辦確實不容易。江素娟告訴曉璇，自己一定要力爭文明結婚，伴娘非妹妹莫屬。春節期間表哥將回鄉，已經預約了城裡的裁縫來江村替他們度身做西裝和旗袍，屆時還得勞駕妹妹過去量度，做兩件旗袍。江曉璇不置可否，江素娟似乎並不給她回絕的機會，暫且一心一意替她準備嫁妝吧。

話說回來，堂舅舅又怎會反對他們文明結婚呢。時人崇尚實業救國，小兒子讀洋學堂，學的乃當今最吃香的機械工程，富豪正有意張揚給桐城的顯貴們看看。兒子來信說已選定一位同學為自己做伴郎，春節放假一起回來。倒是江素娟與她娘吵了一場。娘並不反對女兒辦文明婚禮，只是不歡喜江曉璇當伴娘。

「未出生就尅死生父，才十歲又尅死養父，十三歲上養母席捲家財而逃，這姑娘多命硬呀，怎能做我千金的女儐相！」富婆自有她的一番道理。

「整條江村的女子就曉璇見過世面有文化，況且我倆情同親姐妹，哪有姐姐嫌棄妹妹，叫別人怎麼看？」江素娟也有大條道理。

初時兩母女面左左，女兒大有情願不嫁也不妥協之勢。幸而大戶人家有規矩，母女倆的分歧沒人敢傳出去，否則依江曉璇的脾氣，她們連朋友也沒得做。為娘的惟有屈服敗下陣，誰叫自己就這麼一個心肝寶貝女兒呢。

鄉下人過春節無非大人蒸糕做粿殺豬拜神，小孩到處跑放鞭炮。江曉璇悶得慌，上閣樓取下籐箱子。本以為是些舊衣物不以為意，不料打開箱蓋，滿箱的呢絨綢緞出現眼前。將它們一件件搬上床，陽光從天窗射下來，竟令人有些眼花目眩。布料拿在手裡如水般地滑溜，彷彿時間從自己的手指間流淌而過，姑娘不禁又難過起來。這些好東西始自女兒八歲起，爸爸的親朋好友逢年節或慶生送過來的禮物，閩人有為女兒儲嫁妝的鄉例。沒有想到，黃家將它們物歸原主。究竟是四伯母的主意還是田嫂的用心？江曉璇不禁思索起這個問題。看見來自黃家的舊物，自然懷念起黃府的舊人，尤其思念小哥冬舟，不知是否別來無恙。出了一會兒神，終回到現實中。取出兩塊料子打算給自己裁一件旗袍做一套衣裙，幾條學生裝黑裙子早已嫌短，丹青布短衫更是窄小。

家政課學過裁剪縫紉，現在沒有縫紉機，就用手慢慢來吧，反正時間有的是。對著一幅貴重的料子，怎樣下手呢，先是有些擔心，後來靈機一動，阿母舊時不也穿旗袍，何不仿效她？女兒一向不屑與阿母說話，心裡是懷著怨恨的。她悄悄溜進阿母的房間，打開櫥櫃亂翻一氣，摸出一條大披肩包著幾件旗袍，竟然潔淨如新，通統搬過來自己的房間再作打算。

真是得來全不費工夫！江曉璇將這些閃亮的緞旗袍一一試過，可以想見阿母當年何等窈窕，只需稍作修改，又放高一點，腰縫細一些，簡直天衣無縫！有件顏色較老舊不甚喜歡，可以將之拆下來，向江素娟家借燙斗一用，逐一熨直燙平，便是那些上等料子現成的樣板。自己再做兩套衣裙不就得了！可憐的麗娘裝著不知道，她只能偷窺女兒的舉動不敢出聲，只要阿囡高興，怎麼做娘也無所謂，是前世欠她今生該還的。

第二部

第七章 出嫁

大年初四江素娟吩咐一個小孩傳了張字條，說家裡有客人忙不開，妹妹可否屈尊過來一趟。江曉璇從孩子口中得知城裡的裁縫師傅進了村，正在為姑姑和未來姑爺量度裁衣。事前江曉璇已經告訴江素娟別亂張羅，自己不乏旗袍，只差高跟鞋。江素娟一直半信半疑，對江曉璇的置若罔聞有些氣惱，氣呼呼地丟下客人趕過來。然而當她看見耳目一新的江曉璇，竟然瞠目結舌。妹妹瞭解姐姐的脾氣，算計她一定馬上到，穿起修改過的杏黃色緞旗袍等待江素娟光臨。面前的姑娘不是姹紫嫣紅的花旦，亦非光芒四射的主角，卻十分合乎一個伴娘的身分，既不扭捏也未喧賓奪主。江素娟緊張的心情終於舒緩。至於鞋子嘛，明天咱一起進城買去，別忘了新郎家開的百貨公司。

第二天兩頂小轎從江村啓程出發，兩個姑娘到浮橋就換黃包車，江素娟嫌坐轎子進城土氣十足。江曉璇握緊雙拳緊張不已。離開黃府大半年不曾進城，彷彿過了半個世紀，淚水硬是要湧上來。車子在塗山街口轉向南街，兩人才在南國百貨公司下車，就有兩位小伙子笑嘻嘻迎上來。江素娟先向他倆介紹「妹妹江曉璇」，再介紹自己的未婚夫。江曉璇見準新郎年約二十，雖非劍眉亮目，卻肩寬體壯額高地闊，極富男性魅力，恭恭敬敬地稱之「李公子」。不料這位身穿青年裝、氣宇軒昂的新青年嘻皮笑臉地：「妹子不是該叫我姐夫嗎？」一句話把原本羞赧的江曉璇激的臉頰緋紅，圓睜雙眼狠狠瞪視回敬他。大家都被逗笑了，氣紛隨即融洽起來。另一位將要擔當伴郎的角色更是乳臭未乾，只見對方身著青色學生裝，廣顙高鼻，鼻樑上一副玳瑁圓眼鏡，書生氣十足。準伴郎開口自我介紹道：「我叫何文彬，李國梁的學弟。」伸出手與對方潔白纖細柔美的手握了握，並借勢將姑娘上下打量一番。

兩位公子陪姐妹倆逛了四層樓高的南國百貨。看來江素娟是常來的，數家常一般告訴妹子，想買什麼東西該到哪一層樓。底層賣的日常用品，她隨意叫售貨員取些胭脂粉底，胡亂翻弄批評一通，自己要了支大紅色口紅，又作主張替妹妹也要一支，江曉璇急忙說顏色要淡一點。江素娟又挑了一盒手絹丟給李國梁。男裝在二樓，她對表哥說，男人的東西別看了，你們家什麼沒有？喜歡哪樣隨時可以騎自行車進城買。表哥聳聳肩不反對。

三樓女裝部才是最主要的一層。江曉璇被江素娟拉到鞋櫃檯前，見到皮鞋、帆布鞋、繡花鞋、膠鞋、拖鞋、長短筒靴子，各式各款各色滿目琳瑯應有盡有，簡直目不暇給無從下手。還是姐姐有主見，叫她試了雙米色高跟鞋，換過合適的號碼，試了好幾次，指揮妹妹走天橋飄過來盪過去，又要照照地上的鏡子，直到妹妹一臉紅潮姐姐才滿意地拍板。再要了一雙淡青色軟羊皮半筒靴子，說走累了可以換一換，相中的東西全部拿給李國梁去結帳。江曉璇曾聽人家說，李氏並不是南國百貨公司的股東，可是李家曾經揚言要把它買下來，擴充自己的百貨營業。

盤桓大半天大家都覺得肚子餓了。何文彬見女孩子走不動，建議到附近食肆用午膳。找了家飯館上二樓雅座，兩姐妹斯斯然入座，兩位公子拎著大包小包，終是要了張大檯子才夠位子放東西。何文彬問，兩位小姐想吃什麼？江素娟要肉燕和燒肉粽。江曉璇見何文彬望著自己，急忙表示不挑食，問李大哥吧。李國梁說，這家館子牛肉羹最出名。於是何文彬點了肉燕、燒肉粽、牛肉羹、生煎包，每款一大盤。江曉璇心裡嘲笑都是些食肉獸，青菜也沒一碟，又想或者人家見我是鄉下人難得吃肉，特地要的吧。幸虧李國梁接著叫了一大碟開胃菜頭酸。

飯席間何文彬告訴江素娟，他倆明天一早回省城，特地側著頭看了江曉璇一眼，調皮地說，再過幾個月後才可以見面，兩位姑娘可別捨不得我們偷偷流眼淚啊。江素娟本沒多想，被這一說彷彿讓人道破心事，竟是差點當場揮淚。江曉璇也替姐姐有點難過，本來想試探可否到鎮撫巷蹓躂一下，這下子不好意思吱聲了。桌上四人頓時無聲無息，只聽見四雙筷子碰撞盤子的聲音。

飯罷兩位公子耳語一輪，折回李家商場騎了兩輛單車出來，叫來兩輛人力車，千叮萬囑車夫：車錢按常例來回計又加半，務必送到新門外江氏村中。車夫拍拍胸口說，公子請放心，保證萬無一失。兩公子騎著車子慢慢跟在後面踩，直到送至新門，方依依不捨駛回去。

春天很快過去，江素娟的喜事已經籌辦妥當，萬事俱備只等新郎哥回鄉，江曉璇也放下身段頻頻過府幫手。終於等到全村的大喜日子到來。迎親那天來的不是敲鑼打鼓的花轎隊伍，而是兩部汽車繞經隣村大路而來。鄉下人一生未見過此等大陣仗，互相奔走傳告，整條村子都歡騰起來。

前面一輛坐著風流瀟洒的新郎官，上蠟的分頭刮得發青的下額，西式黑色禮服紅色煲呔（蝴蝶領結），皮鞋光鑒照人。素娟娘上身綉金線大紅褂，下身紅色百折裙，頭髮梳得亮亮的一絲不苟，拖著女兒的手哽咽。江曉璇攙扶新娘子在鞭炮聲中走出江府，後面有個打扮得漂漂亮亮的小花女，兩手捧著堂姑姑曳地的婚紗。

新娘子梳著高高的貴妃髻，額前一排細密的留海，彎彎的眉毛，長長的眼線，酡紅的面頰，鮮艷的嘴唇。伴娘江曉璇鬆鬆地將頭髮綰在腦後，髮間沒有貴重的首飾，用含笑和雛菊相間在頭箍上，身著淺藍色衣裙，一幅小家碧玉的模樣。江玉璋作為郎舅登上後面的小汽車，車上坐著名副其實文質彬彬的伴郎何文彬。

車子朝城裡進發，本來可以繞城抵南門外，卻是特地經新門街駛經最熱鬧的塗山街，再徐徐拐向南街。經過南段繁華的商業區司機開得很慢，彷彿特地遊行給觀眾看似的。突然從一座大樓上落下一串串電光炮，此起彼落響徹雲霄，粉碎的紙屑紛紛揚揚。今天桐城日報有則新聞「商場大亨迎娶兒媳」，雖不是頭條，卻也成了市民飯後茶餘的話題。

文明結婚只是表面的形式，內裡仍是舊的一套。車子去到李家，新郎新婦仍要拜祖先敬公婆，所有的長輩都要逐一斟茶下跪受紅包。光是家族同人在祠堂排位照相都得折騰兩個時辰。照像師不厭其煩地調整角度，經常停下來指揮大人小孩，咔察咔察一張又一張，誓為李家族人留下歷史性的紀念。伴娘幫新娘子換了身銀底紅梅花的緞子旗袍，紅色高跟腳，一身像團火紅紅地燃燒；鬢髮上一隻碎鑽大蝴蝶，熠熠生輝美得耀人眼。女儐們個個花枝招展珠光寶氣，把最看家的首飾和行頭都搬出來。伴娘低調地杏黃旗袍陪襯新娘，淡淡的色彩將一班俗不可耐的年輕女眷都比了下去。照了相兩姐妹趕快偷空換上鬆身衣裙，脫下累死人的高跟鞋，頓時輕鬆無比。還是姐姐有遠見，這一切諒是過來人教的吧，誰也沒出嫁過喔，江曉璇的心思總是非同一般。

繁文縟節免不了，夜間酒席更是觥籌交舉，伴郎伴娘頻頻替新郎新娘代飲，新人的酒杯內以茶水充酒。江曉璇有些不勝酒力，所幸何文彬總是醒目頂替，令搭擋未至醉倒。當曲終人散之時，新郎新娘被擁入洞房，龍鳳燭臺紅光高照，火焰越竄越高，春宵一刻值千金。新郎終於可以獨自面對新娘，江素娟像隻溫順的小綿羊，蜷伏在愛人懷中。李國梁伸出雙臂緊緊擁抱妻子，在她的眼睛、前額、頭髮、兩頰，直至嘴唇上，熱烈地親吻。

隔壁的江曉璇又餓又渴，一頭栽倒客牀上，幸虧何文彬眼尖告訴大哥江玉璋，兩人急忙將湯水麵條送至。迎娶這齣真人秀足足演了三天，直到新娘三朝回門，伴娘方卸下肩上重任。江曉璇藉口頭疼不在江素娟娘家用飯，人家倒能體貼，道是累的，回去睡一覺便好了。

第二日醒來疲憊是去了，卻覺得心裡空落落的，此後再無閨蜜來往，這日子又怎生了斷啊。十三歲的姑娘三十歲的心境，慾的人直想跳入浦溝。正惶惶不可終日，哥哥回來了，他說做完送嫁郎舅該回去做事了。大哥特地告訴妹子，李國梁對他說，將攜妻子赴省城，有家大工廠聘請他做事，這家廠屬於國家機構，馬上要全部搬往內陸腹地。李大哥雖未言明去哪裡，江玉璋估計是撤到四川去的。

四川？多麼遙遠的省份啊！姐姐一個大小姐能慣嗎？哥哥見到妹子疑問的眼光，肯定地點頭說，日本人已經打進來了，年輕人都要準備上戰場。這兩日與李、何兩位哥們兒朝夕相處，他們教給了我許多大道理，而今他倆要去為國家出力，有機會我也一定要去。麗娘聽兩兄妹聊天不敢插嘴，惟有如此方可以多收到一些訊息。她心裡翻騰起來了，江素娟男女家都那麼富有況且要跑到窮鄉僻壤去，看來這世道是真要打仗了。兒子業已長大會安排自個兒的出路，女兒得找個好人家嫁出去，她那心性決計成不了鄉下人，需找個城裡人才有口飯吃。

且說江素娟聽到丈夫要去內陸，竟是歡天喜地的。一則在鄉下侍奉公婆，每天早起問候斟茶遞水，鎮日陪同妯娌打麻將閒話家長里短，並不是她願意過的生活。二來新婚燕爾如魚得水，又怎捨得分離？女兒對母親說，嫁雞隨雞嫁狗隨狗，爹這麼多年沒回來，娘並不後悔嫁了他。我是一定要跟國梁走的。

素娟娘惟有以淚洗面。女兒馬上遠去，豈知猴年馬月才能歸來，遙遙無期前路茫茫，誰也無法預計前景。南洋的匯款越來越困難，接下去又是怎樣一種生活？老了多麼需要愛女來陪伴自己。以前江曉璇很少過來串門子，因為姐姐遠行改變過往的孤僻，時來問候孀母。

這一來，曾因為反對江曉璇當伴娘的孀母甚是慚愧，思忖命數天定，萬般皆有命一點不由人，可憐小妮子如此美麗聰明，應該扶她一把。女兒女婿出行前自己回了一趟娘家，哭哭啼啼也得面對，嫂子留她住了幾天。這一回族兄娶媳婦大張旗鼓，遠近的族人都賞光前來出席婚宴，想不到族中子弟繁衍眾多，自己出嫁時的小不點都長成大後生了。族中有旁支幾代人在沿海郊縣生意做得挺大，其子弟去年來桐城謀事，現於海關任職，與老族人走得很親近。年輕人溫文儒雅相貌堂堂尚未婚娶，不如替他們牽牽紅線，說不定是段好姻緣。

素娟娘深知江曉璇的家境，須得探探男方口風是否索取陪嫁，若是的話便沒門兒。有意無意地與年輕人聊天，問他怎有時間常來。年輕人解釋自己做的報關工作，每天於一定時間有船出入關才忙碌，通常要視潮水漲落而定，時時閒著呢。海關近在南門五堡，沒地方去便出城過來走走。素娟娘問起他家中每一個人。

老母可好？託福，尚健壯。兄弟生意如何？近年鋪子生意差一些，轉跟他丈人做水運，嫂子娘家有十幾條三桅帆船，因而派自己來桐城做報關。男大當婚，為何尚未婚配？沒有人家肯把女兒嫁給我這窮光蛋。說完小伙子靦腆地笑了。我給你介紹一個好姑娘，你見過的，是我女兒結婚的伴娘。男子聽了睜大雙眼，不會聽錯吧？那麼俏的一個女郎尚未有婆家？不用奇怪，因為她父親過世沒有嫁妝，否則輪不到你。我才不需要什麼嫁妝，只要好人品。那一言為定，我回去立馬跟她娘提親。

嚴絲合縫。

麗娘謝天謝地。

男子表示願意給女方一百五十個大洋，當聘禮也好，女方用來買嫁妝也罷，他將在南門兜租一套小房間，婚後就兩夫妻，母親留在老家不會前來同住。男子寫下自己的姓名、生辰八字、籍貫和祖宗三代。原來他已經二十三歲，足足大江曉璇九年！麗娘告訴女兒，現實擺在那裡，你接不接受？江曉璇不理阿母的囉唆，看了姓名「李治」兩個字笑得差點流淚，無能的帝王。倒是一筆猷勁的行書真真不得了！便也寫下自己的庚帖。心想人人知道我的命不好，這八字必定不合，婚事一定要吹的，讓臭小子失望去。豈知李治接了江曉璇的生辰八字並沒叫人去排，反而欣賞起姑娘的筆力，心裡奇怪哪裡拜師學來的一手好字。後來彼此瞭解了對方的歷史，竟都竊笑起來。尤其是江曉璇打探到李治的風流史，開懷得連肚子都笑疼了。

李治生長於沿海郊縣，專科學校畢業後其母原擬為小子娶親，以便將兒子綁在鄉間學做生意。談婚論嫁的是鎮上某戶的獨生女兒余碧鳳。姑娘母親早逝，父親早年教私塾，改朝換代後社會興辦新學堂，只能代人書寫。余碧鳳識文斷字善女紅刺綉，做些針黹幫補家計。李治雖對姑娘印象不錯，卻對做生意不感興趣，一心想到城市靠文字謀生，逃婚辜負了這段姻緣。當他離家流浪外鄉之時，余碧鳳由父親作主招贅了一個史姓漁民，這男子家有三兄弟，因為貧窮才肯倒插門。婚後夫妻倆感情不好，余碧鳳沒有生養，自己開了家綉坊維生，丈夫長期隨船四海去打漁很少歸家。

兩年後李治因祖母病重回家看老人，留居鄉間等待送她上路。鄉居期間適逢廟會，幾條村的鄉民各出奇謀爭奪錦旗獎杯。主事人見李治有些女相，建議將之反串成花旦。小子長的白淨儒雅，擅彈琵琶，一曲南音曲高和寡，想不到化妝成王昭君更是風情萬種尤勝女人，迷倒鎮上男女老幼。小伙子被人捧得醉醺醺，入世未深有點得意忘形。

有日閒極無聊上街被人叫住，原來是幾乎與他成親的余碧鳳。故人丰采依舊，還多了一絲成熟風韻。女子邀請二少爺進去看看綉莊這兩年有沒有進步。小院子和以往一樣幽靜，之前他不止一次來過，欣賞滿室亮麗的刺繡，李治曾對女主人說過，好刺繡要嘛鑲成工藝品，讓大眾欣賞；要嘛做成戲服穿在角兒身上，讓萬人觀看。不想一句戲言進入一個女人的心終生不忘。余碧鳳正在趕的貨正是一批戲服，也是受了這句話的啟發，她的生意做得更好。女主人說，白天工夫太多，不如晚上過來聊聊，你一走不知又要多久才回來。李治答應了。

晚間女孩子都收工回去了，綉莊點著微黃的氣燈，櫃檯上面有幾件下午綉好的戲服。屋子中間置放一張小圓桌，旁邊兩張小櫈子，桌上擺著兩副碗筷和酒杯。老闆娘看似喝過有些酒氣，手中的酒杯內尚存亮晶晶的黃酒。既然想敘舊，李治惟有勉為其難坐下來，偌大的地方沒多個人影，心中有些兒惶恐。

余碧鳳雙眼微醉開門見山：「二少爺既有當初何必今日？」

李治駭然一驚答曰：「此言怎講。當初如何？今日又如何？」

「當日你以理想為由逃婚而去，丟下小女子心灰意冷；既已遠走高飛，今日為何又回來惹我痛楚？」

李治無言以對，自斟自酌三杯，起身作揖：「李治的確對不起碧鳳姑娘，自知慚愧無以為報，惟有請姑娘寬宥。恕在下告辭。」

「慢！」客人尚未起身，被女主人一手按住，哭了起來。「你說過好刺繡要穿在角兒身上，今天我穿給你看吧。」

於是余碧鳳猛地站起來，迅速脫去身上的衣裙，只剩下紅色褻衣，把個李治嚇了一大跳，若非喝下三杯酒，定然面如土色。看來余碧鳳喝醉了，如何是好？正踟躕間，說時遲那時快，只見三條大漢衝進屋，將李治拿住，道是無恥奸夫淫婦，還不被我抓個正著？隨即將兩人綁起關入房間。

看來是個局。

余碧鳳的史姓丈夫伙同兩兄弟私設公堂，殘忍地切下李治左手一節小指頭，送到不知天高地厚的小子家人面前。當那一刀切下之時，余碧鳳昏了過去。據說後來無賴丈夫想進門，被她摔碗扔盆趕出門，咒罵祖宗三代，表示永遠脫離夫妻關係。一場無妄之災，竟把寃仇結下了。血淋淋的骨肉令母親幾乎昏死，醒來淚漣漣，以為兒子真的幹了什麼大逆不道的壞事。為今之計，人命在人家手上，只有拿出一百個銀元救人要緊。櫃檯上一時現金不夠，趕緊賣肥豬賣金鐲子湊齊。

李治被救出來了，小子高呼寃枉，聲稱要打官司，可誰聽他的？母親深感丟面子拒絕報官，更不肯籌錢出來打官司。這是個什麼世道啊！送走祖母之後，大哥讓弟弟前往桐城，負責給嫂子娘家的船隊報關。臨行時母親拿出二百個白花花的大洋，不曉是遣散費還是分身家，叫兒子自去找個女人過日子。恐怕這個生著一雙桃花大眼睛的小兒子遲早還會替家人惹事，如此安排真有點送瘟神之意。兒子也發誓永不再回到這個可惡的地方。

麗娘用這筆錢買了耳環、戒子、鐲子、項鍊給女兒做妝奩，再添置一應生活用品，收拾好女兒女婿的新家。一頂小花轎吹吹打打送出門，嫁妝兩大籐箱，風風光光嫁了女兒，也算是對得住女兒九泉之下的兩個父親江郎和黃萍秋哥吧。江曉璇不搽一點脂粉，皮膚白得自然透亮，淡淡的玫瑰色呈現在雙頰，像朝霞染在潔白晶亮的象牙塑像上，水汪汪的大眼睛靈活而清澈，一頭大波浪黑髮垂到肩上。身上是手織長袖雞蛋黃薄毛衫，滾邊織錦花旗袍過膝，淺咖啡色絲襪子，足下杏色半高跟皮鞋。

簡單的阿母卻不知在女兒心中加多了一條罪狀：生母將十四歲的女兒賣給一個幾乎大她十歲的男人，收下一百五十個大洋。假如說江曉璇其時僅只十四歲，所謂未成年少女，那麼李治亦是個乳臭未乾的小子，不是頂般配麼？聘金一分一毫落入阿母口袋嗎？江曉璇你稱過自己有多少份量，想入非非要嫁入豪門呀？

第八章　散聚

閩南地區面臨一場大災難。為了佔據便於日軍登陸、卸貨的重要港口，日本人發動了對濱城的瘋狂進攻。一九三八年五月十日凌晨，日軍十一艘軍艦掩護十艘汽艇駛入五通海面，十八架飛機和艦炮對國軍前沿炮臺和步兵陣地輪番轟擊。日軍用大炮射擊村莊，鬼子於五通登陸後瘋狂屠村，焚燒民宅，處處濃煙滾滾，被日軍佔領的村鎮掛起膏藥旗。解後放此地曾挖出一個萬人坑。十一日守軍和民眾利用夜間組織反擊，曾奪回部分陣地。市區警察、壯丁、義勇與日軍展開巷戰，終不敵退守南普陀、虎頭山頑抗，直至十二日將士彈盡全部殉難。十三日日軍搜城，將抓到的中國男子集中輪渡碼頭槍殺，推屍入海，慘不忍睹。

濱城淪陷。

八閩人氏居家過日子，所謂「天跌下來當被蓋」。戰火還未燒到自己頭上來，經商的仍經商，務農的且務農，婚姻嫁娶生養死葬，死到臨頭不理戰事逼近眉睫。濱城是個通商大港，每天來往各埠的船隻無數，如今被日本鬼子占領，水運事業受到巨大挫折，民間貨船集結港口移往晉江安海，與金門島隔海相望。

李治因老家大哥的船隊嚴重受創，為家族生意一落千丈而發愁。婆婆用二百個大洋打發小兒子，財產全歸大兒子，如此偏心的母親和貪婪的兄弟，他們的行徑深為江曉璇鄙夷。「生意好了又怎樣，又不會分給你。」對丈夫說這話的口吻竟有些幸災樂禍。

因日本人的步步侵佔，政府將主要工廠和學校遷徙，後方則提倡堅守，所有學校免費招收學員，不論婚嫁與否，女子可以不必交學費就讀本地中學。這是一個振奮人心的好消息，江曉璇出嫁後正憂無所事事，立即報名就讀官立中學堂。丈夫李治自當全力支持。

最要緊過好自己的日子。

每天清晨兩夫妻用了早餐就各自出門。學校在桂壇巷挺遠的，次次趕到校門口上課鐘聲已響，匆匆跑步衝進課室。除了背書包，江曉璇隨身帶個小便當，裝著昨夜吃剩的飯菜，中午就在學校隨便吃兩口。無獨有偶，不少學生也帶飯來，學校便命廚房義務替學生熱飯。有一天在等待熱飯的時間內，碰到一位曾經十分要好的同學洪麗華。說起來湊巧，洪麗華只因傭人偶爾有事回鄉，這兩日才帶飯來，一向中午時間傭人會送飯菜到學校。

當她倆看到對方之時，是怎樣的激動！時間才過去兩年，彼此都已不再是兩年前的那個我。兩人相約放學後校門口見。今天的課算是白上了，因為太興奮都無法集中精神聽講，課堂上洪麗華尤其不能平靜，她曾從別人口中約略知道黃曉璇的不幸，曾經多麼擔心女孩子會被歹人賣入火坑，看起來自己多慮了。現在應該改口叫江曉璇，她回江村去了。江曉璇則是另一番心思，洪麗華家中有錢，父親於呂宋經商，家族在鄉中享有盛名，母親為了愛女升學特地搬到城中居住。看她滿面春風、一切如意的模樣，洪麗華會瞧不起我嗎？

下學鐘聲一響，兩個女孩子在校門口擁抱，中午人太多她們不敢放肆。徘徊，徘徊，徘徊，走不完的路。桂壇巷右拐是承天寺，從承天巷中段穿過去就到鎮撫巷。江曉璇緊緊抓住洪麗華的手，身子發抖腳發軟。她期望洪麗華能陪自己走過去，又開不了口，恐怕一開口心中的堤防潰決，那是自己的一塊心病，摸不得。其實洪麗華明白江曉璇的心理是想見不敢見，想說不能說。畢竟自己多讀了兩年中學，看了許多文學作品，在社會上積累了一些經驗。偷窺江曉璇眼中閃爍著淚光，自己也差點落淚，惟有握緊對方的手，表示給予朋友力量和支持。

洪麗華堅定地點點頭，拖著江曉璇的手來到鎮撫巷。

人來人往，誰也不會留意兩個女孩。江曉璇駐足於黃府街門對過的路邊，看到門戶如舊，想到人事全非，心中湧出崔護的詩：「去年今日此門中，人面桃花相映紅。人面不知何處去，桃花依舊笑春風。」她心中牽掛的人去哪了？園中的喬木和芭蕉當應長綠，錦鯉和八哥或許依舊，只惜流光早已把人拋。當你歸家時，有人為你洗客袍嗎？姑娘癡了，淚水滾滾貼著臉頰流入頸窩濕透短衫領子。洪麗華一動不敢動，只怕她太難過傷身，過了許久許久，方用自己的帕子替她拭淚，將她輕輕擁入懷中。

回家沒有心思做飯，和衣倒在床上。今天李治因夜船靠岸，在外面吃了飯，想到小妻子一個人連菜也懶得炒，明天哪有得帶去學校，便要了兩個燒肉粽打包。家中烏燈瞎火，點上油燈方見江曉璇穿著校服，估計還沒吃晚飯。會不會病了？摸摸額頭還好不燙，只是兩隻眼睛腫得像桃子。灶頭是涼的，燒了盆熱水，用毛巾替妻子擦拭臉頰，再泡一次熱水擰乾敷眼睛。打開粽葉包著的燒肉粽，香噴噴的引得江曉璇流口水，馬上起來狼吞虎嚥一餐。

與江曉璇情同姐妹，洪麗華自然經常來南門兜看他們兩夫妻。有一回她帶來一位朋友，竟然是江曉璇認識的何文彬。江素娟婚禮上的伴郎伴娘還真有緣份，可見這個世界多麼小。

「我就知道是你，世界上叫小旋的多了去，叫曉璇的只有一個。」

聽何文彬這一說，此後曉璇索性就把自己的名字寫成小旋，江小旋。

「我卻知道，名叫文彬的人未必文質彬彬，多數只是空有其名。」

兩個男女儐相一見面就伴嘴，洪麗華和李治都被他們逗笑了。最近都是夜船，李治白天閒著，便帶大家到江邊找了個茶座，四個人坐下慢慢聊天。

江小旋表示驚奇，「何大哥你不是要去報效國家嗎？」她記得哥哥說過的話，一直以為李國梁與何文彬去了內地。

何文彬說，「我不是不想去啊，可人家要的是工業家，我讀的文科，空有一腔熱血沒人肯聘用我。」

李治聽了即刻附和，自己不也在省城讀了幾年文科，就是找不到報社的工作，落難到要做刻板的報關職員。

「是啊，倘若在和平時期，你們兩個書生說不定激揚文字、著書立說，成大文豪呢。」輪到江小旋嘲笑他們。

「你們兩個早就認識？」江小旋有些疑惑，追問兩位客人。

一直未出聲的洪麗華這才開腔，原來他倆是親戚，洪麗華是何家堂嫂的表妹，婚宴上相識的。於是大家相視而笑，原來參加婚禮是當今一項隆重的社交，咱不都在別人的婚禮認識嗎？

何文彬說年頭進桐城日報，主筆一個文人士大夫喜愛的版面，實際上無聊至極，肉麻當有趣。以前品頭論足的是名伶交際花，最近變本加厲，選什麼「刺桐十二釵」，將人家的夫人千金拿來作較量。不明就裡的讀者以為我俗不可耐，豈知全是主編的詭計，說罷搖頭嘆氣。

李治道，俗歸俗，終是做回本行。我讀書時也曾在省城某報兼職，打雜排字無所不做，缺稿就叫頂上，自己的文章落別人的名，讀者贊賞的很，卻不曉得真正的作者是哪個，豈不更寃枉？江小旋這才明白丈夫懷才不遇的失落，心想他還有比這更寃的故事呢，只是不好說出來。今日回顧自己的遭遇，似乎也不算什麼，或許每個人都有他的痛。如此自我化解，心裡的傷口方漸漸結痂。

一個偶然的機會。

老編因為多病多痛時常告假，報社決定聘用一名記者專搞外出採訪，強調字和文章都要好。何文彬推薦了李治，說是自己省城的同學，在報社做過有經驗。李治終於可以告別家族生意轉行當記者，開始他文人的生涯。

兩對年輕人往來更頻密。

好久沒有聚首，兩個男人都說最近太忙，報社又沒有放星期天。姑娘相約不如這個週日去報社突襲一下，看看男人有沒有古怪。兩人都把自己打扮停當，難得不必穿校服，嘆息浪費了一季好衣裳。

才進報社大門，女郎便吸引了無數眼球。

門房上下打量一番方慢條斯理地問：「找誰呀？」

洪麗華怯怯地答：「找何文彬。」

「哦，何主編的特約客人。」

那門房也太聰明了，把兩個女子當成競選十二釵的女子，恭敬地請她倆進會客室。會客室面走廊兩扇大玻璃門，人來人往地過，有些男人找借口徑直進入，變相地過目兩位「新秀」。更為可笑的是，男人們齊聲贊歎兩位「新秀」必當入選，一位是雍容華貴、舉止嫻雅、肌膚瑩潤，大有舉案齊眉之相的薛寶釵人選；另一位看來多愁善感、似泣非泣、弱柳扶風，正是我見尤憐的絳珠草仙子。

「豈有此理！」一直到何文彬出場，大吼一聲，這場鬧劇才結束。猥瑣的男人們這才知曉，人家是何編輯的女朋友和李記者的妻子，兩人都是出身名門的洋學生。

夏天到來江小旋讀完初一年，放完暑假自然繼續升讀。洪麗華初中畢業了，本來準備去省城升讀中專，現在聽說省城的學校都準備內遷，人心惶惶，惟有輟學。女孩子不讀書便沒有藉口，非得出嫁不可。父親一早給千金物色了個好對象，男孩家亦是「番客」，父親乃呂宋紙業大亨，兩家生意上有往來。大戶人家的公子哥兒，讀過洋書又長得帥，見過洪麗華對之相當有意思。

洪麗華忐忑不安。

何文彬固然不錯，但家境不如人，靠一份工資怎養家活口？這個世界光靠愛情不可能生活。洪麗華和何文彬是談得來，但尚未花前月下海誓山盟，更為要緊的是，何文彬有些讓人猜不透。姑娘曾經試探他，有意無意地提及父母的安排，小子竟然沒有表態，無動於衷似乎事不關己。偷窺他的眼鏡，鏡片一圈一圈地旋進去，最深處的一對眸子發出深沉的光，姑娘猜不透他的心思。也許他並不急著成家，也許他有自己的理想，這一點是感覺出來的。既然如此，洪麗華惟有接受父母的決定，腳踏實地居家過日子。

洪家開始籌辦女兒的婚事，她老家在晉江；未婚夫施世凡，施氏也是晉江縣望族。兩家決定秋涼就在那邊嫁娶，洪麗華母親也將搬回鄉下住。他日住得遠不可能多來往，只剩下暑假可以相聚。江小旋幾乎天天去找洪麗華，且坦然表示屆時不會參加她的婚禮，一來地方遠交通不方便，二來不忍心看何大哥難過。其實自己比他們男生更難過！嫁夫隨夫，才走了江素娟，洪麗華又得走，人生真是聚散無憑。

鬱悶的時候打開《石頭記》，讀了一遍又一遍，替大觀園內薄命女郎灑下多少淚，女孩子油蔴菜籽的命啊！沒有了閨蜜作伴，從今往後書本便成了她的寄託，不理什麼書，只要能拿到手，幸虧李治也是愛書之人，這是夫妻的共同喜好。

年年清明節麗娘都去東嶽山掃墓拜祭秋哥。江小旋出嫁後對阿母說，以後清明讓我來吧。離開黃府三年，墓碑上刻的「孝男黃曉璇」終於站起來，做她應該做的事。民國三十年清明節，一大早兩乘轎子來到東嶽山黃家墓園。李治叫轎夫原地等待，除了來回程，停留時間會加多一程的腳力工錢。

江小旋在六郎的墳前點起香燭燒過冥鏹衣紙，一邊用紅漆油過墓碑，一邊喃喃啼哭，漸次失控而捶胸頓足，聲嘶力竭哭天搶地，彷彿要把這些年所有的委屈一一向父親傾訴。

「爸爸，您已經走了六年。頭三年是別人安排的，女兒不懂事任人擺布；後三年女兒明白了許多事，卻沒有勇氣來。以後我年年都來和您聊天，來向您傾訴，好爸爸，女兒真的好想念您！」

李治想，九泉下的泰山若有知，定會淚如雨落。他是基督徒，只能送上一大束鮮花敬獻給岳父。收拾好祭品，攙扶起嬌弱的妻，強迫她喝水搽藥油，然後招手轎夫，兩人登上轎子。

江小旋打開轎簾想再望墓園一眼，遠遠地看見迎面而來的人，一路上掃墓的人群不斷。三三兩兩人影之中，似乎有一個熟悉的影子，是穿長衫頎長的身形。再盯住想看清楚，那麼瘦弱那麼無精打采。不，不是他，不會是故人。馬上就要交錯而過，想叫轎夫停一停，回頭卻已不見剛才那些人。難道是自己哭得累了眼花？

回來大哥說，不可能，小哥去年死了。

原來你們都瞞著我，都騙我……

江小旋是有夫之婦，理當照顧丈夫，但是正確地說，是丈夫和阿母照顧她，她是嫁了人才慢慢長大。有一回何大哥說，除了上學讀書，你必須學習打字刻鋼板，畢業後才好找工作。江小旋問什麼叫刻鋼板呢？何文彬道，就是手動印刷。在一塊鋼板上鋪張蠟紙，拿鋼筆在上面寫字，那可不是墨水筆，是名副其實的鋼筆，有力度地刻寫，然後把刻好的蠟紙貼在油印機上，將滾筒粘勻油墨壓過去，蠟紙上那些字便印在下面的白紙上。一份蠟紙可以印出百十張，刻寫得好的不止。把個江小旋聽得瞪大雙眼。

何文彬說，你既然有興趣我來教你吧。於是他經過書局便買了一塊鋼板、一支鋼筆和一筒蠟紙，教江小旋大膽嘗試，先練習寫滿一張紙再說。他示範刻了幾行，只聽鋼筆尖在鋼板上輕輕發出沙沙聲，看似不難。江小旋握筆一試，才劃一橫筆就斜一邊去了。何大哥說，用的力度不夠。鋼板字最要緊工整，最好刻仿宋體字，你瞧瞧書本就知道，仿宋體整齊美觀。於是何大哥貼到江小旋身後抓住她的手，一橫一豎一撇一捺用力刻畫，說心急吃不了熱豆腐，必須耐心慢慢來。

前幾天阿母和玉璋大哥進城來，江玉璋是特地進城來與妹妹作別，卻被阿母逼到裁縫店做新衣。哥哥興奮地告訴妹妹，自己找到為國効力的機會了，江小旋將信將疑地。李治長期跑外圍採訪少坐辦公室，希望小妻子有事做不至胡思亂想，倒也挺支持她跟何文彬學文化。江小旋果然沒有時間去追究小哥的事，何文彬下班沒事便來教她刻字。當何大哥無意中聽江小旋提及江玉璋上任之事，大叫：「壞了，壞了，恐怕此去兇多吉少！」江小旋不明所以，哥哥的愛國熱情不是李國梁和你教的麼？

江玉璋的生母黃氏原是南門外大戶人家，父母去世後江玉璋時與母舅家往來。這些年孩子長大了，離開學校做了幾年事，明白不少愛國道理，男子漢期望有機會做一番事業。有位堂舅名叫黃炳坤，乃晉江永寧人氏，與江玉璋生母黃氏份屬同宗，其人一表人才是個人物，在省城飽讀洋書，滿懷救國理想歸來。父母為兒子娶了一門親，新婦李少英算起來還是李國梁的本家姐姐。

李少英知書識禮、身長苗條、秀外慧中，不予人驚喜卻耐看端莊。因為父親早喪沒錢置嫁妝待字閨中多年，這一回母親請媒婆說合刻意騙小了幾歲，所幸永寧離桐城較遠黃家並不知曉，且黃少爺乃新派人物不甚在意，姑娘方可順利嫁出去。黃炳坤是國民黨員，被政府委任平和縣小溪鎮當鎮長。切確地說，當年行政上是國民黨的一個區，任區分部書記。黃炳坤想起堂外甥江玉璋，小子在江村鄉公所工作多年富有經驗，決計起用他為助手隨行。於是江玉璋擔當起舅舅的秘書和勤務兵的角色。

黃炳坤幼承祖訓，奉聖人之言安身；追隨國父遺志，以三民主義立命。兩舅甥陪著新嫁娘躊躇滿志整裝出發。本來可以從桐城坐船到濱城再轉漳州，無奈濱城及其周邊為淪陷區，路途遙遠行囊沉重，迂迴曲折頗為坎坷。首站在水頭歇腳，打開客棧房間，除了一張床兩個人連身子也轉不過來。舅舅、舅母擠在一個斗室，江玉璋只得將三隻箱子堆上床，剩下的位置必須卷起身子。他只覺得眼皮忒重，半夜糊里糊塗起身外出解了一次手，又倒頭呼呼睡去。第二日醒來才發現，放在最上面的籐箱不翼而飛。麗娘為兒子添置的中山裝還未上身便泡了湯，小子惟有咬咬牙繼續前進。

平和小溪已為新區長安排好生活，住家就在鎮上一所小宅，離區公所不遠，幾個房間家具是現成的，廚房鍋碗瓢盆也齊全，院內植樹種竹，環境甚是清幽。生活馬上安頓下來。青年人都胸懷大志，黃炳坤尤甚。兩個年輕人少年得志，一心大展身手為黨國做出成績。豈知社會非初出茅廬者能夠明白，龍岩地區情勢複雜，老區勢力迅速擴張，平和已成國共爭奪地盤之處。國民黨軍人都上前線打鬼子去了，當地的保安團豈是人家對手？土匪頻頻洗劫村莊，村落之間三天兩頭挑起械鬥，前任正是不敢開罪各方勢力，難以勝任才請辭的。

每天看不完的公文，批不盡的訟事，處理未了的私人糾紛。這晚兩人丟下滿桌公案，意興闌珊離開區公所回家。江玉璋道，舅舅先用飯，我洗個澡再吃未遲。桌子暫未收拾，黃炳坤飯後點起一支煙，通訊員來報，隔壁村發生大規模械鬥，已有人流血受傷。時值初冬，黃炳坤披了件呢大衣跟來人趕去調停。江玉璋出浴室見舅舅不在吃了一驚，連飯也顧不上吃，揹起駁殼槍追出去。看見人群都往一條道上跑，自己恨不得箭一般飛。

前面火光熊熊，兩邊人馬各擎大刀、鋤頭、鐮刀、杠子，互不相讓，眼看雙方就要血拼，火石電光之間一個人站出來，揮手高呼：「鄉親們，我是你們的區長，黃某人請求各位冷靜，不要互助殘殺……」話未說完，一粒子彈當胸穿過，黃炳坤倒地再沒能站起來。鄉人都呆了，陸續放下手中的武器；爭鬥停止了，年輕的區長無辜獻出寶貴的生命。

江玉璋僅僅遲了一步。撲在血汙的舅舅身上，年輕人痛哭嚎叫仰天長嘯，無法相信現實如此殘酷，山鄉村民如此無知無情。舅舅再也醒不來，不能再為國為民出力，實現胸中的理想。可是他不能光是傷心，必須為舅舅料理身後事，要上報上級交接公文，要安撫新婚的舅媽……

當江玉璋運送黃炳坤的遺體到晉江永寧，再返回江村老家時，誰相信面前是個二十三歲的小伙子，看起來更像五十歲的老頭子。滿面鬍鬚、長髮披肩、衣衫襤褸，好似街上的流浪者。回家數月一味關起門傻坐，不說話不理人，把麗娘都急哭了。最後阿母使出絕招：索性不做飯，說沒錢買柴米油鹽。小子因為需要吃飯才勉強去鎮上工作，但每日只是坐班而已，魂不守舍，眼鏡打破了也不進城去配新的，瞇著眼看一大疊文件。

新寡李少英拒絕回黃氏家鄉，她是一個有主見的女人，不願居夫家任人指責其「尅夫」。喪夫之痛並沒有把她擊倒，在平和寡居時有位男子經常送上安慰，是當地大戶蔣姓少爺三省。此君原在濱城僑務局任職，因戰事回老家教書，老大不小了。元配替他生了一對子女，分別在集美航校和漳州衛生學校就讀。蔣三省和李少英的第一次婚姻皆憑父母之命媒妁之言，這一回卻是愛情和同情令他們走到一起。其時繼濱城淪陷後三年省城淪陷，政府許多機構癱瘓，蔣三省被政府任命到桐城暫代僑務局局長，務須走馬上任，李少英便隨同新夫婿回到自己的家鄉定居。

第九章　重光

江小旋初中畢業後並沒有去就業，工作不是想找就能找到的，不覺又蹉跎了兩年。後來懷孕了，吃什麼吐什麼，十分辛苦，感覺胃總是被什麼東西頂住，連坐在小板凳上洗衣都困難。幸有母親來服侍。何文彬教會江小旋刻鋼板並沒派上用場，倒是一手毛筆字幫他寫了好幾次標語。何大哥說，國共合作團結打日本，要寫一些鼓勵團結的話語，比如：國家興亡匹夫有責、團結起來抗戰到底、中國人不打中國人、北上抗日挽救萬萬同胞、聯歡聯合打日本、好鐵要打釘好男要當兵、出錢救濟戰區傷兵難民……

有一次李治外出工作經過附近踅回家，正巧妻子在寫標語，今番只要寫「中國人不打中國人」和「北上抗日挽救萬萬同胞」兩條，各要二十張，七彩的紙張當然是何文彬拿來的。李治見狀大驚，說老婆你知道自己在幹什麼嗎？政府抗戰海報上宣傳的是：「隨時隨地堅強抵抗，不屈不撓前仆後繼；敵人武力終有窮時，持久抗戰最後勝利。」「倭寇侵掠一日不止，我國抗戰一日不停；誓流最後一滴血，守我最後一寸土。」飛虎隊的座右銘是：「我們的身體飛機和炸彈，當與敵人兵艦陣地同歸於盡！」可別受左派思想影響啊。他媽的何文彬想幹啥？今次我假裝不知道，你告訴他打翻熱水瓶全濕了，他便會知難而退。江小旋依計做了，何文彬倒也沒說啥，果然不再叫江小旋搞什麼的。

一九四一年日本開始向東南亞擴張，引起此地區主要強國不滿，美國凍結了對日貿易，其中最重要的是高辛烷石油。沒有石油日軍的戰鬥裝備無法行駛，為了掠奪石油確保正常侵略，日軍決定冒險一擲。十二月七日，日軍精心策劃了對美國海軍太平洋艦隊的偷襲。珍珠港事件給了觀望中的美國開戰的理由，將一個本來意見不齊的國家動員起來，美國人團結起來要戰勝日本，澈底地將其雄厚的工業和服務經濟捲入第二次世界大戰，導致了軸心國在全世界最終的覆滅。

一九四四年中國人民艱苦作絕的抗日戰爭進入第七個年頭。十月份蔣總統發表「告知識青年書」，號召十八至三十五歲知識青年入伍，「一寸山河一寸血、十萬青年十萬兵」的政治口號扣人心弦。有來自敵佔區克服千難萬險潛赴大後方的，有海外華僑挺身歸國共赴國難的，甚至有在日本就學的臺灣學生放棄學業歸來。

槍 在我們的肩膀
血 在我們的胸膛
我們來捍衛國家
我們齊赴沙場
向前走別後退
犧牲已到最後關頭
亡國的條件
我們絕不能接受
中國的領土
一寸也不能失守
……

十幾萬青年知識分子被編入遠征軍，奔赴戰場投入戰鬥，編寫大時代的英雄詩篇。自己身邊不乏入伍人選，卻沒聽說哪位準備去應徵。也許人們根本不曉得該往何處報效國家，覺得不懂行軍打仗或會成為前線的負擔。既然找不到門徑，惟有配合政府默默堅守後方。況且，據聞投奔重慶可不容易，要先坐船抵香港，再換船到安南，然後從海防入雲南……其間可能要經過敵人的封鎖線，路途上隨時有被捕的危險。千山萬水，險阻重重，抗戰中心多麼遙遠啊！

江小旋挺著大肚子，李治將為人父必須養家，不可能去參軍。江玉璋若不是受了平和那番挫折，必定第一個赴前線。現在他成了小老頭，一早訂了親卻不願成家，女方遂提出退婚要求，正中其人下懷。何文彬就奇怪了，不報名也罷，竟然對總統大不敬嗤之以鼻。

偶爾何文彬掏心與江小旋說悄悄話，表示自己已經不再嚮往陪都重慶。「國家積重難返，中央軍節節敗退，大片錦綉山河迅速陷入敵手，一半中國人成為亡國奴。咱們太膚淺，依然信賴這個腐敗無能的政府……」小旋覺得文彬言之有理，卻又茫然無措。

有一回何文彬嘟起嘴吹口哨，是一支很特別的曲子，小旋從未聽過，靈敏的耳朵卻記下進行曲的旋律。再一次見面江小旋照這調子哼了哼，何文彬竟然忘形地唱起來：「向前！向前！向前！我們的隊伍向太陽。腳踏著祖國的大地，背負著民族的希望，我們是一支不可戰勝的力量！」見到江小旋兩眼放光望著自己，小夥子方覺失儀，兩頰由緋紅迅即轉為蒼白。惟一的聽者江小旋多年後才明瞭這是八路軍進行曲。

因為產前檢查撞上了李少英，她也懷著孩子，但肚子還不顯為時尚早。李少英比江小旋大了整整十歲，懷孕時已近三十，相對普通人乃高齡產婦，因擔心胎位不正，兩個星期就找醫生作一次檢查。江玉璋瞧不起這個女人，妹子卻不介意與之來往，女人有女人的一本經，她們需要自己的朋友交流生兒育女的經驗。自從洪麗華回鄉結婚，江小旋身邊一個閨蜜也沒有。

李少英住在水門街，因住得近來往甚為密切。江小旋從不敢開口提哥哥，生怕她連想起前夫難過。可是人家李少英並不在意，還主動問起外甥的情況，聊起沒個完。她說，那件事能怪誰？誰又能不心痛？就怪咱不懂政治，胸口貼著個「勇」字，以為憑一股勇往直前的精神就所向披靡。水滸、三國大家都讀了，真能看懂嗎？江湖險惡、人心不古，寫文章你我都會，真正明白嗎？你爭我奪、你死我活，還不是為坐江山？男人就是野心大，咱小女人要的是過日子，有人噓寒問暖，有心陪你到老。

李治聽了妻子轉述，倒是敬佩的緊，贊李少英有見地，叫人另眼相看。江玉璋堂堂男子漢，經不起打擊搞得一敗塗地，李少英婦道人家，卻能看得通透重新站起來。於是李治夫婦與蔣三省夫婦成了朋友。同姓三分親，何況李治、李國梁和李少英乃同宗同輩，三家的關係非同一般。李少英大李治一年，比李國梁大三歲，日後孩子們稱之姑母。

江小旋的身子越來越重，腳背浮腫小腿經常抽筋，睡時阿母扶著她勉強躺下去，起身必須扶著床柱慢慢將腰挺起，身上吃力心裡也總是恍恍惚惚。家務有阿母代勞，她除了吃睡就是打毛線。孩子的襁褓衣褲麗娘已經縫製好，未來姥姥帶來兩床舊被單，刷刷地撕成一條條剪成一段段碎片，準備給嬰兒當尿布。前些日子哥哥送來一隻籐搖籃，還帶來紅棗桂圓乾，是素娟娘送的。嬸母對著江玉璋念叨起女兒女婿，掛念他們在內地不知怎麼過日子，也不曉生了小孩否，一把眼淚一把鼻涕，令人聽了心酸。江小旋不明時局心下狐疑，都這麼些年了，叫人傳遞個信息竟是那麼難嗎？

天未亮江小旋就醒了，大概胎兒作動了吧，勉力坐起來又躺下去，真個是坐臥不安。醫生說過就是這幾天的事，可是丈夫到郊縣公幹去了，為了怕丟飯碗能不去嗎？還是岳母通達，說女人生孩子沒啥了不起，看通街大肚子的就知道哩。哪怕胎兒作動起來，也非一時三刻就生，起碼要一天半天的工夫。這時見女兒如針氈上的螞蟻，心知差不多了，便慢條斯理地煮起幾片高麗參，那也是素娟娘給的，丈夫從南洋帶回來的。強按女兒坐下吃了點撈乾的米飯，連湯帶渣喝完參茶，替她收拾兩件內衣褲，拎起早已打包的小孩衣物，走到門口叫了兩輛人力車。扶女兒上了前面一輛，自己跨上後面一輛，叫車夫速去惠世醫院。

辦了手續女兒立即進產房，護士姑娘說羊水都破了，阿母安坐外面長櫈打起瞌睡。約莫過了一個時辰姑娘叫醒她，進去看真了是個女嬰，滿頭黑髮的賠錢貨，母女平安心裡倒是真歡喜。順產的母親立即被轉去病房，新生兒暫且由嬰兒房的姑娘照看，麗娘趕回家做飯。生薑是自己親手種的，切成絲下黑芝麻油炸過，先煎兩隻荷包蛋，線麵撈過滾水再團起來，用油炸香灑上米酒，分別裝到蓋碗、缽頭，置入保溫用的麥桔草籠子。送了吃的又趕去菜市場買魚，喝魚湯產婦才有奶。熬好魚湯日頭快西下，趕緊炒個蛋飯送過去。女兒要在那兒過夜，生怕她夜間肚子餓買了兩籠小包子。

兩天後李治親自來辦出院手續，擔心妻子未開奶水買了幾聽鷹嘜煉乳。見女兒可愛的模樣，夫妻倆恩恩愛愛地回家。老家讓船夫捎來一袋特大魷魚乾，還有兩支黑芝麻油，一罈糯米酒，是祖母親自釀製的。麗娘對女婿說，寫信謝謝你娘。江小旋撇撇嘴，那神氣似乎表示，小女子才不領情。

阿母包下了所有家務，又當月嫂又做老媽子，卻開心不已。麗娘遺憾的僅僅是沒錢替江玉璋娶房媳婦，其他倒挺滿足。江小旋在阿母的照顧和丈夫的呵護下，又當起大小姐來，衣來伸手飯來開口，最大的功勞是餵女兒奶，現成的糧倉奶庫。嬰兒不經不覺地長大，好像吹了氣的皮球，年底已會爸爸媽媽地叫，雪白透亮的皮膚，粉紅楕圓臉上一雙桃花大眼，十足父親的模子倒出來的。

江小旋喜歡抱著女兒去串姑媽的門。李少英前不久才生下個女嬰，貓兒一般小，沒奶吃喵喵地哭。坐月子是麗娘替她找的月嫂，用盡辦法就是擠不出奶來。李少英放棄了，索性餵孩子煉乳。蔣三省老家的子女都是奶媽養大的，他覺得有些對不起少英，便搬到一座大些的院子，請了個老媽子來做家務帶孩子。李少英月子裡沒養胖，仍是黃黃的膚色長長的身型，不及江小旋白皙豐滿。李少英羞她：看你一對糧倉爆滿，以後怎麼穿旗袍？

一言驚醒夢中人。開春女兒李逍逍一歲零已經能走路，江小旋決定給女兒斷奶，孩子交給阿母去處理，自己住到李少英家來，怕女兒纏住母親戒不了母乳。過了些天，韮菜麥芽山楂茶消去小旋的奶，女兒也戒了母乳，母女都瘦了一大圈。當一切恢復正常之時，江小旋的旗袍貼的緊緊，另是一番風情。這時候帶女兒出去串門子，只需拖她的小手，不必老抱著將旗袍弄皺。

李少英住的地方大，自是江小旋來的多，江小旋的女兒李逍逍在院子裡跑跑跳跳，李少英的女兒蔣玲玲坐在轎椅裡，大人一邊看孩子一邊聊天，倒是戰時女人難得的一絲幸福。有一回江小旋進門，見到李少英家西廂房有個客人，心下以為是房客，非常時期僑務局長也得精打細算哪。想不到李少英說都是親戚難得聚首，請他出來見表嫂。只見他害臊地邁過門檻，站到兩位嫂嫂面前，叫聲「表嫂」羞澀一笑。

江小旋打量眼前英俊少年，長長的身型寬寬的肩膀，眉清目秀似曾見過。李少英介紹是蔣三省的堂兄弟蔣少雄，中學畢業後在內地教了幾年書，今次堂兄替他謀了份差使。看年紀蔣少雄起碼小了蔣三省二十年。李少英說，蔣少雄份屬族弟，與三省卻情同父子。濱城淪陷回鄉時少雄剛讀初中，蔣三省的孩子們離鄉在外面讀專業學校，兒女平常少見父親有些生分，倒是少雄像親生的小兒子，天天過來請教學問。

江小旋看似在聽李少英囉嗦實則心不在焉，此君明明不相識卻如此面善。啊，她想起來了，五官和身形極像堂兄黃冬舟，不過小哥是前朝遺少，一肚子之乎者也，擅長用文房四寶；而眼前這位少年是現代文人，唱的是三民主義，用的是派克金筆。只覺有些心神恍惚，急忙對李少英說忘了件事，匆匆告辭。

一九四五年初美國空軍開始轟炸日本本土，一個個日本城市化為火海，日軍誓不投降。八月六日美軍在廣島投下第一顆原子彈，日本軍部認為美國只有一顆原子彈，仍然堅持不投降。直至八月九日，長崎受原子彈轟炸，方成為歷史的轉捩點。八月十四日日本天皇頒布停戰詔書，九月二日日本政府宣布無條件投降。感謝上帝讓正義的一方擁有原子彈，小日本澈底戰敗了。若非江小旋做了媽媽，何文彬會不會找她張貼標語呢？大街小巷都充滿喜慶的氣氛，中國人可以雪恥收復國土了。

江玉璋頻頻進城，皆因嬸母急於瞭解女兒的情況，八年音訊全無，素娟娘一頭青絲已成暮雪。李治當記者消息靈通，四處託人打聽，大家方明白因為交通的緣故，回歸的日程沒有那麼快，惟有力勸嬸嬸安心等待。春節江素娟終於回來了，手中拖著的兒子李振鐸已經五歲。李國梁並沒有同行，因肩負要職必須遲一步才能走，只恐岳母和父親擔憂，讓他們母子先回來。

江小旋扔下女兒給阿母趕到江村，姐妹見面自是抱頭痛哭，什麼也別問，平安就是福。江素娟還是忍不住對親人們講述了兩次死裡逃生的可怕經歷。第一次是入重慶的第三個年頭，一九三九年五月三日。小鬼子利用漢口機場起飛，連續轟炸重慶市中心區，使用了大量燃燒彈，大火燃燒整整兩天，街道成為廢墟，死傷六千多人，五千棟建築物損毀，二十萬人無家可歸，連外國教會及駐華使館也未能倖免。因為她跟丈夫堅守工廠而躲過災難。第二次是兒子李振鐸救了自己，因為剛生下孩子跑不動，否則有可能死在那防空洞內。一九四一年六月五日夜，一防空洞因通風口被炸塌引致洞內通風不足，大量難民呼吸困難窒息，有的擠往洞口互相踐踏，數以千人死亡。

少女時代的江素娟珠圓玉潤，而今不過二十來歲，卻是容顏憔悴臉色枯黃，笑起來眼角略現魚尾紋，倒是洋溢著幸福的神采。兒子不懂大人都說些啥，穿著是爸媽的舊衣衫改的，姥姥正心疼的不得了，忽聞李家送許多東西來，孩子的祖父給媳婦和孫子送來兩箱衣物，交代他們母子暫且將就用，改天進城挑選合適的。

夏天李國梁回來不走了，他辭去工廠的職位，到政府部門做行政工作。舊時的書生李國梁而立之年已具成熟風度，少了公子哥兒作派添了一成風霜，不黯其背景者會誤以為他是軍人。政府機關在中山路中段，江素娟一家住進城裡，方便丈夫工作和孩子上學。南洋水路一通，施世凡拗不過妻子要進城，皆因結婚幾年洪麗華尚無所出，長輩們不厭其煩地為他們張羅買兒子的事。洪麗華總是在丈夫面前顯擺，似乎想告訴他：臉若銀盤豐乳肥臀的妻子絕對能生一打。他倆看中鎮撫巷附近的一幢小洋樓，立即搬進城來了。當大家再次聚首時，怎能不舉杯慶祝抗戰勝利呢！洪麗華因為江小旋認識了江素娟，三人迅即成為摯友，親姐妹一般。

不久施世凡收到父親病逝南洋的消息，急急趕赴呂宋。父親是見不到了，分得遺產五萬美金。一輩子依靠父親的紈絝子弟，拿著這筆巨款不知所措。如何應用這筆錢？做生意還是存入銀行收利息？怎樣才能維持以往的富貴？果然有錢未必幸福！這時家族父老教路，你父親是紙業大亨，岳父在南洋也做這一行，不如去濱城做紙業生意，彼處港口運輸已經恢復。於是洪麗華再次搬家，在中山路中段買下一幢樓房，施世凡與人合股開了「三戶紙莊」，三戶，即三個股東之意。

重慶政府陸續回遷，各個部門趕不及到濱城接收，便先委派後方的手下到場。其時桐城政府秘書王國文、管理錢糧的林眉山等人，都帶著自己的人馬赴濱城，成為首批接收大員。李治嫂子家的兄弟和侄兒也都趕去接收自家的船公司。僑務局恢復了正常運作遷去虎園路辦公舊址，蔣三省舉家搬遷。戰時停辦的濱城《江聲日報》籌備復刊，舊社長到桐城聘請人手，何文彬和李治都被幸運地選中。江小旋即將搬家，她是既高興又難過，好不容易才與江素娟相聚又要分手。還有哥哥尚未成家，竟要丟下他一人生活。和平後的江玉璋離開鎮公所，李國梁把他調到桐城在自己手下做事。奇怪的是何文彬，人是離開了桐城日報，卻失去聯絡沒到《江聲日報》報到。

光復後的日子繁忙又踏實，人們不必跑空襲，不必餓肚子，市面景氣起來，做小生意也好，找事做也容易，上工的上工，上學的上學，一個蘿蔔一個坑，個個埋頭自己的份內事，居家過日子就該如此。經過戰爭的洗禮，人人懷著平常心。江小旋一家四口租住在後路頭西巷一座大雜院內，離新街禮拜堂近，不少鄰居是基督徒。李治引導妻子受洗，空餘時間或幫教會傳播福音或上團契，李逍就讀新街基督教幼稚園。除了麗娘，她說回鄉要拜祖先拜秋哥，大家都信洋教怎麼辦？

江小旋又有了身孕，她不想要這個孩子，埋怨小生命來的不是時候。在江小旋的心目中，她才不稀罕做什麼賢妻良母，最好出去做個秘書小姐，站在時代的前端指點江山。可恨命運弄人，爸爸答應過送女兒留學，誰能料到前路竟是如此崎嶇，尤恨阿母亂出主意，替自己放棄所有權利，否則不是這樣的人生。她憎恨這個社會，太多的不公平，有的人那麼窮，有的人那麼富。

送逍逍上了學，胡思亂想逛中山路，不覺穿過水仙路走到太古碼頭，許多苦力在搬運貨物。光復後百姓的生活仍苦，收入趕不上通貨膨脹，貨幣迅速貶值，買一點東西要帶一大堆錢。江小旋的苦惱不在於此，她頗覺得精神空虛。人為何要生存呢？想起未嫁時曾在浦溝旁徘徊，考慮跳下去會怎樣。僥倖嫁了李治不必當農婦，不可否認李治是個好丈夫，是珍愛妻子的，只是非戀愛而結合終有所遺憾。她是個好高騖遠的女子，並不真正明白自己要什麼，只是不願意再生兒育女，當這油鹽醬醋的家庭主婦。二十出頭的花樣年華，鹹魚白菜的日子何時了。有如紅樓夢批晴雯曰「心比天高」，可恨自己才學不厚，一般的紅顏薄命啊！

「江小旋！」好像有人叫自己，扭頭一看，遠遠有人向自己招手。彼此走近，原來是何文彬。

「何大哥！」江小旋十分激動，原來何文彬並沒離開濱城，李治判斷的對，大哥一準另有高就，否則偌大一個人怎麼可能無緣無故失蹤呢。於是她笑起來。

兩個人不約而同走到一家小茶館坐下，何文彬要了兩杯咖啡，說一直想答謝你幫過我，今天才有機會。江小旋問他去哪了，莫非有高就。何文彬道，想起自己在桐城日報負責那個版面就作嘔，純粹為反動文人服務。他現在集美中學教書，做育英才有意義多了。江小旋聽說很是羨慕，可惜自己文化不夠，況且女人要生兒育女走不出去。何文彬望著江小旋的眼睛，以前他看她的眼神是躲閃的，讓人看不清厚厚鏡片內的雙眼。

「你不大開心啊。」

「當然不開心。」

於是江小旋述說不甘心落到今天的地步，世界不公平令人可憎，聲音是哽咽的。文彬忍不住握住對方的手，輕輕撫摸以示安慰。多讀點書吧，書中的世界大了去，我替你向學校圖書館借些書，什麼時候拿來給你看。江小旋高興極了，用何大哥遞上的手巾抹去淚水，告訴了他地址。何文彬說星期六通常會乘船過來，下次來了送上門，順便探望你的家人。分手後江小旋仍很興奮，熱切盼望下一個周末快點到來。

周末上午何文彬果然尋到大雜院，肩上的大口袋沉甸甸的。他掏出幾本書，是巴金的激流三部曲和《寒夜》，還有丁玲和蕭紅的作品。他說另外一些朋友也想看，我叫他們來找你，他們手上也有書可以交換，就放你這兒待我來取。此時大院的人家都上班去了，江小旋請何大哥稍坐，沖了杯武夷山大紅袍，兩人坐在廳內閒聊。何文彬侃侃而談，講起五四新文化運動，尤其推崇魯迅、巴金、茅盾等著名文學作家，對聽者江小旋而言多麼新穎，不知不覺被深深吸引，原來自己多麼孤陋寡聞！

江小旋選擇先看《寒夜》，點起小油燈熬了幾個晚上，除了眼睛全是紅絲，還陪了多少眼淚。一對滿懷理想又深愛對方的知識分子夫婦逃難到重慶，工作不如意家庭經濟拮据，丈夫患上肺病卻要在婆媳之間受氣，妻子受不了婆婆無奈離去。當抗戰勝利離人歸來之時，豈料物是人非，丈夫已死兒子亦跟了奶奶返故里。讀者將自己代入書中的情節，彷彿女主角是自己，感同身受痛哭流涕。

令她感受最深的是丁玲的《莎菲女士的日記》。丁玲筆下的莎菲彷彿是江小旋的化身，善良果斷但刁蠻任性，堅強自立又苦悶沉淪，憤世嫉俗而徬徨人生，熱愛生命卻悲觀絕望。她多麼想追求真正的愛情，追求有意義的人生，有誰會明白？有誰會了解？她有些兒迷濛，悶悶不樂糾結不已。每日沉迷在小說中，飯燒糊了，孩子哭了，愛理不理，直到大腹便便。這一胎又是女兒，且一頭胎毒討人厭，對阿母說營養不良擠不出奶，姥姥餵她煉乳吧。一心浸淫在那些大部頭裡，書中有個新世界在向她招手。

不日有個女人找上門，還帶來另一本書請代還何君。率直的江小旋以為找到同路人，急問，您也看小說啊？女人答，我不識字，先生上班沒空，代他拿的。江小旋覺得這女人怪怪的，說話一點不客氣，又道不出所以然。偷偷打量她，略深的膚色年約三十，臉上淡淡的化妝未能遮蓋憔悴的面容，一身藍底白碎花大襟衫套裝整潔清爽，神情顯得相當高傲。江小旋簡直懷疑，這樣的女人怎麼可能不識字，根本是瞧不起我的大雜院住家吧。又在心裡揣測，會不會是何大哥的女朋友呢？

記得李國梁說過，何文彬並非沒有美人垂青，他們在省城讀書時期，有位富家女常向何文彬示好，有意無意地主動接近他。李國梁曾注目那位樣貌不錯的女郎，再偷覷何文彬似乎沒甚興趣似的，小子總是將課餘時間花在圖書館查閱瀏覽。也許何父早逝家中不太富裕，也許男子自尊心太強有所追求，甚或在尋覓更有意義的東西，他對所有女生一慣不理不睬。不過自從當了李國梁的伴郎，何文彬似乎變得開朗起來，漸漸肯與女性交往，雖然一臉羞赧。

第十章　離散

一九四八年中國人民解放軍以排山倒海之勢贏得三大戰役，共產黨取得絕對優勢眼看席捲全國，可是濱城大部分小市民並不擔心，早在多年前華僑領袖陳嘉庚先生到過延安會見朱毛，向國人和華僑肯定了共產黨是中國的希望所在。有錢人比較惆悵，但對長江天險尚存僥倖心理，認為解放軍過不了江，夾江對峙早經歷史證實。再說，生意能說搬就搬嗎？又該逃到哪裡去呢？

江素娟接到南洋來信，父親到香港治病，原想回鄉一行，不料醫生勸喻，病情不宜作舟車勞頓，尤其需要停留香港觀察一段時間。老人思親心切，要親人赴港相會。李國梁告了一個月假，準備攜岳母及妻、子到濱城等船期。豈料臨出門素娟娘跌傷了腳，老人不願因一人之故拖延行程，叫女兒女婿先走，待腳好些再讓江玉璋帶她搭下一班船。李國梁難改假期惟有從命。

兩夫妻帶著七歲的兒子李振鐸抵達濱城，分別逾三年的親友們都趕到碼頭上接風。一家人原計畫住客棧。其時洪麗華已生下兒子施永甯，安心過著資本家少奶奶的幸福生活。她說住啥旅館，我這裡空置一層樓，已經叫傭人打掃乾淨，不肯入住即是怕我哪一天去麻煩你們。大家覺得有道理，帶的行李那麼多，住客舍太招搖。因為又可以聚首聊天，個個非常開心。白天男人有男人聊，他們論時局講國家大事；女人互相串門子，江素娟逐一上門探訪。三天後的船期，足夠一班兄弟姐妹再次歡聚一堂。

洪麗華帶領江素娟上江小旋家。李治租了大雜院一角，兩房一廳，大房間內大小床鋪各一，小房間麗娘帶小孫女。大女兒逍逍上幼稚園去了，小女兒遙遙會跑會跳，頭上胎毒經姥姥精心調理已痊癒，長出濃密的頭髮。江素娟順手抱過小妞狂吻一陣，孩子倒是不怕生，乖乖地躺在江素娟懷中。姐妹仨家長里短一輪。洪麗華問江素娟，兒子都七歲了，為何不加添一個？江小旋接口道，富有的不肯生，窮困的卻一個又一個，這世界就是不公道。江素娟說在內地那些年，有口吃的都留給孩子，坐月子不僅沒得吃，還得天天跑空襲，身子早壞了哪有的生。於是她向兩位姐妹談起當年生孩子的可怕經歷。

孩子在半夜作動，李國梁開車送太太去醫院，幸虧一路上未遇空襲警報。抵醫院時羊水破了，原本以為孩子馬上就要出生，卻從午夜等到中午絲毫不見動靜。產前江素娟到這家醫院做過檢查，並未發現胎位有異。此時主任醫生親自作了一番檢查，對兩夫婦說，產婦子宮收縮力有些異常，為免胎兒宮內缺氣，必須馬上進行剖宮手術。由於戰時麻醉藥相當稀缺，醫生建議採用局部麻醉。江素娟要求丈夫在身邊陪伴，得到允許。

產婦如待宰的羔羊被送上手術檯，針藥從背部脊椎骨打下去，還來不及喊疼即聽到有人進來向醫生報告「掛球」。一個球表示有敵機自漢口或宜昌基地起飛，是為「預行警報」；若是確定敵機朝重慶而來，當改掛兩個球並拉響「空襲警報」，人們必須馬上躲進防空洞；假若敵機再次迫近，則會掛出三個球及拉響「緊急警報」。李國梁緊緊握住妻子的手，予以無限的支持。手術刀才剛往小腹切下去，要命的「空襲警報」竟響了起來。平時聽慣的兩短一長，此時成為催命的吼叫聲，陪產的丈夫幾乎被嚇窒，李國梁隨時準備抬妻子進防空洞。

肅穆的手術室與空中的警報轟鳴完全是兩個世界，一班白衣天使堅守崗位，不慌不忙地繼續他們的工作。江素娟把自己和孩子交給了上帝，由於全心全意地祈禱，她已處於昏迷狀態，分辨不出醫生的舉動。切開腹壁、拉出子宮、切開子宮、拉出胎兒、剝離胎衣以及一系列縫合過程，是事後丈夫告訴她的。敵機剛竄入重慶上空即受到我空軍健兒的阻截，全能的神保佑兩母子平安度過危險。

姐妹倆聽了默然。

洪麗華打蛇隨棍上道，這裡小旋你最年輕，隨時可以生一打，不如將遙遙送給素娟。本來她只是開玩笑，倒叫江素娟和江小旋各自認真思量一番。江素娟說，不瞞兩位姐妹，我叫戰爭嚇怕了，只想下半生平平安安過小日子，當今局勢亂糟糟，此程我準備陪父親住一段日子，老人家身染重疴或許時日無多，因而無法確定歸期。千萬不敢讓國梁知道我的心思，他們男人要的是事業。

李治熟悉海關，提前為李國梁提了船票辦理行李託運。或許洪麗華向丈夫透露過口風，今晚施世凡特地設宴替李國梁夫婦餞行。蔣三省將一起前來的「小兒子」蔣少雄介紹給大家，說老家在為他籌辦婚事，小子卻逃婚跑了出來。施世凡拍了拍蔣少雄肩膊，以老大哥的口吻教訓：逃得了和尚逃不了廟，看你躲得了初一還能躲得過十五？男人們嘻嘻哈哈推推搡搡，把個小伙子羞的滿臉通紅。江小旋無意中抬頭看了他一眼，只見他較四年前長高了半個頭，有些氣宇不凡的模樣，難怪不肯與鄉下女子結婚。心下是鑾贊嘆的。

大家正舉杯祝福意氣高昂，不料報說有客到，漏夜殺到的竟然是江玉璋，專程給李國梁呈送來一份公文。人們明白事情不簡單，氣氛當場有些緊張起來。李國梁到房內看完公文出來說，抱歉破壞了各位的興致。其實沒啥，例行公事罷了，繼續！可惜大家都沒了胃口，將菜一個勁往江玉璋面前推，筋參鮑翅食不知味，各自敷衍了事準備提早散場。

小孩都瞌睡，女人帶著孩子們先行離席，男人實則意猶未盡，施世凡建議留下來喝咖啡。傭人煮了咖啡，眾人圍坐一團，李國梁放低音量說，上司命令我明天立即回去銷假，非常時期所有假期都要截停。然而即使我不走妻兒也一定得走，素娟身體很差，正好借此機會送她出去醫治調理。李治兄煩你代我送他們母子走一趟，報社方面明天我和你們社長說，就當出差公幹。遲些時江玉璋還要幫我護送岳母一程。兄弟們各自保重，拜託啦。

第二天一早李國梁和江玉璋趕早班船走了。江小旋要回去替丈夫收拾行裝，江素娟說不用了，李治與國樑身型差不多，他的行李不是已經上船了嗎。你倒是將遙遙的衣物找出來，孩子跟我去吧，你們隨時可以再生多個，我會待之如己出。李治沒有作聲，江小旋本就求之不得，只有麗娘少了個「賠錢貨」有些兒難過。

蔣三省、施世凡、李治三家都來送行。遠遠地見碼頭上人山人海，幾輛人力車未抵太古碼頭就被截停，只許人走不予車子通過，有不少警察在碼頭上維持秩序。施世凡掏出個方匣子說，在這兒拍張照片留作紀念吧，天曉得什麼時候大家再聚。這個紈絝子弟真會玩，指揮大人企後小兒站前，從左至右依次是：後排江素娟、李治手抱小女兒李遙遙、江小旋、蔣少雄、蔣三省李少英夫婦、洪麗華抱著兩歲的兒子施永甯；三個小朋友站到前排正中央，依次是：李治大女兒李逍逍、李國梁的兒子李振鐸、蔣三省的女兒蔣玲玲。施世凡調校了一輪，招手一位小警察，說兄弟幫個忙，照這方位按鈕就行了。那年輕人或者好奇或者玩過，點點頭表示明白。施世凡迅即跑到後排妻子身旁，只聽「卡嚓」一聲，人人進了小匣子。

而後長長的歲月裡，江小旋每見到那張徠卡相機沖洗出來的小照片，端詳細數相中每一個人，總是搖搖頭嘆息：十三不吉利！

輪船似乎超載，走廊過道上人滿為患。李治頂替李國梁抱著小妍，江素娟拖著兒子，「一家四口」上了舷梯，進船艙將小件行李放妥，踱到甲板向家鄉揮手作別。只見江素娟扶著欄杆拭淚，孱弱的身體搖搖欲墜，若非李治站其身後，恐怕就要倒下。江小旋有些擔心海風會將姐姐吹走，緊張得咬著手帕，其他人亦一個個雙眼紅腫，除了流淚，誰也說不出話來。時間過了許久許久，大人輪流抱著小的，個個都有些虛脫的模樣，這才聽見汽笛鳴叫一聲，大煙囪冒起一股黑煙，於是船上船下手絹揮舞，有人叫著親人的名，有人啼哭，船身緩緩移動。

船一啟航江素娟便向醫務所索取暈船藥，在船艙內昏睡了一天一夜。遙遙有爸爸和哥哥作伴，白天吃飯睡前喝奶，很乖巧不吵也不鬧。李治從未伺候過孩子，這一回成了標準父親。日裡李治攜一對孩子到甲板上看海，瞧大人打牌小孩玩樂，帶兄妹倆到餐廳用膳，晚上一早安撫小兒睡覺。船員和乘客都以為他們是夫婦子女，兩人也不想費唇舌向人解釋，關起艙房「一家親」。

天亮了，江素娟在輪船抵港前醒來。她只覺得肚子餓得咕咕叫，神情仍有些恍惚，習慣地在枕頭上挪換位置，似乎想扳過一個熱呼呼的肩膀，膩膩地將身子貼上去。豈料被摟緊的兒子李振鐸失聲喊叫起「媽媽」，這才把她澈底給驚醒了。女郎因自己的失態臉頰潮紅，急忙瞟了一下房間，幸好李治沒在，看似帶女兒上甲板吹海風去了。她思忖這文人確是君子，迅速脫下睡衣換上一套略為寬鬆的天藍色衣裙，籠罩住輪廓分明依然美好的身段。白嫩的美腿，隆起的雙峰，斜披而下的一頭秀髮輕掠眉彎，臉蛋略嫌失血卻泛起甜美的笑容。

終於抵達九龍。江素娟起身為自己和孩子稍作梳洗，讓李治去領取行李。離開大船轉乘天星小輪到港島，碼頭上雙層巴士、汽車、摩托車、人力車排了一列。李治指手劃腳說不清楚，恰好走過來一個拿警棍穿短褲的警員，李治將寫著中英文地址的信封遞上，只見警察揮手叫來兩輛人力車，命令車夫送客人去西環。一路上看見有軌電車叮叮地走，大大的廣告牌下商鋪生意繁忙，街道兩邊肩挑小販和行人紛至沓來。也許是警察安排的，車夫沒有亂開價收錢，倒是李治不忍心自願多給些小費，聲聲「唔該（多謝之意）」。

江素娟父親望眼欲穿，坐立不安數日終於把女兒盼來了。精明的老人見李治不同照片上女婿的樣子，沒有出聲卻是懷疑的眼神，江素娟急忙告知父親，丈夫不能來，多虧堂兄代勞送他們母子過來，讓兩個孩子快叫「亞公」。

大量的難民擁進香港，同樣也給香港帶來資金和廉價勞工。唐山男人都顧老家，呂宋幾個「半唐番」頭腦不靈光沒有做生意的天分，也沒老一輩人的勤奮苦幹精神，江老先生辛苦創下的事業後繼無人。老人給他們留下足夠的生活費，餘數轉到香港作自己的醫療費用，但願盡量節省勉度餘生。素娟爹初時租住西環，眼看人口劇增租金升騰，急忙用菲律賓抽調來的錢在堅島買了一棟小樓房，三代人暫且安頓下來。家中沒有年輕力壯的男人何以維持？李治既充當了這個角色，一時半會竟是走不開，哪怕歸心似箭也脫不了身。如此尷尬的狀況惟有他們心知。

最大困難是語言。

素娟爹的朋友替他們介紹了一位「馬姐」。何為「馬姐」？朋友告訴世姪女，大街上那些腦後紮起鬆鬆的大辮子，身著白色大襟衫黑色香雲紗吊腳褲的女人，便是來自廣東順德一帶的「自梳」馬姐。「自梳」亦即立誓不嫁，這些女人集結為社，俗稱「姑婆屋」，三十年代她們在家鄉繅絲為生，由於絲綢業式微，為生計改行到港澳南洋當女傭。自梳女長住飼頭（老闆）家，所得工錢寄回鄉下買果園置田地，養起娘家子侄，老死香江之時，姐妹們會為之立神主牌於「姑婆屋」。

這位壯年馬姐叫英姐，除了逢年過節去新界「姑婆屋」看姐妹，託人帶些錢回鄉下，平常都在老闆家當老媽子，脾氣是大了點，心地甚好忠心護主，很得老爺小姐信任。小姐告訴他李治的真實身分，英姐仍然執意稱「姑爺」，見李治就大聲喊：姑爺早晨！姑爺吃飯！姑爺回來了！因而隔壁左右皆以為李治是江素娟的丈夫。反正百口莫辯，兩個孩子又都姓李，女兒遙遙叫李治爸爸，誰又會耐煩聽你解釋？李振鐸已經報讀附近一家基督教小學，不久李遙遙也該上幼稚園啦。

當江素娟一家安定下來之後，李治要回鄉卻無路可走，大陸與香港的交通已經斷絕。為了解決自己的尷尬地位，他每天去逛街，企圖了解市場情形，惟見大街小巷皆難民，不知他們從哪裡四面八方地湧出來。他也想放下身段，可是做苦力沒力氣工頭不肯僱用，當小販又無從下手，去街邊擺個小攤替人寫書信，也聽不懂人家說的啥。正是應了粵人語：「屎坑關刀，文（聞）又唔得武（舞）又唔得」。於是他悄悄拜託英姐，試圖打探潛回國的地下通道，豈料被這個惡騰騰的女人當頭棒喝，說姑爺你有病啊，人人恨不能跑出來，你倒想跑回去？怕她大聲嚷嚷鄰居見笑，李治惟有打消念頭卻是度日如年。

一九四九年一月北京和平解放。李國梁的父親急了，想將資金調動部分出去，可是大兒子有私心，生怕弟媳婦在香港掌握經濟大權，遲遲不肯籌劃安排。其時人心惶惶，大商家都想走，哪有人來洽購企業。四月渡江勝利後國軍節節敗退，上海、福州相繼失守，濱城危在旦夕。桐城的李家坐以待斃。

傷筋動骨一百天，素娟娘沒能依計畫前來與夫君團聚。李國梁叫江玉璋陪同岳母看惠世醫院骨科。醫生照了X光，說是骨頭裂痕兼且骨質疏鬆，成為長期患者，老人便取消去香港的安排，安心留守家鄉。最後的關頭終於到來了，李國梁處理好所有公文，護送一批加了封條的文物，跟隨政府人員渡過海峽。江玉璋並非政府公務員，李國梁安置他上了另一條船，但這條船並非去臺灣，而是到了香港。

九月十九日解放軍攻克漳州；十月十五日對濱城發起攻擊，十七日擊敗守軍解放濱城。

濱城歡慶解放的遊行隊伍裡，走在前頭的是軍人部隊，士兵扛著步槍操著整齊的步伐，昂首高唱「三大紀律八項注意」。之後江小旋看到了何文彬和那個交換書籍的女人。兩個人都穿軍裝紮皮帶，何文彬揮舞著大旗，那個女子領著腰鼓隊。原來他們都是地下黨。如果沒有猜錯，他們兩人利用江小旋的家作聯絡站交換情報，大有欺騙好朋友感情之疑。自己真是大傻瓜，而今只能望著床上幾本小說苦笑。何文彬鼓勵江小旋參加革命未嘗不可，為什麼他沒有這麼做呢？江小旋本就憎恨那個不公平的社會，難道何文彬不曾想通過左翼書籍開導她？

在女兒百般糾結忿忿不平之時，麗娘十分現實。人是鐵來飯是鋼，沒了女婿李治的工資如何度日？總不能睡到大街上去，家中那一點積蓄必須應付房租。與其坐困愁城憂心忡忡，不如付諸實際行動。麗娘毅然退下一對玉耳墜，拔下髮髻上的釵子，賣給街坊放小高利貸的富姐，拿幾萬元（幾塊錢）做本錢擺攤檔賣香煙，餘下的買柴米油鹽醬醋。

有日麗娘在街邊做買賣，瞧見一位後生仔的背影有些眼熟，隨口叫了聲「何先」，沒料到轉過身來的竟然真是何文彬。「伯母在這兒做生意呀？」於是他停下來聊了兩句。麗娘老實不客氣告訴家中的境況。何一臉的擔心，看來不像是裝出來的。麗娘說，大家朋友一場，勸勸咱家小旋別胡思亂想。他答應立即找個時間上伯母家。回家母親沒對女兒提此事，認為人家應酬的話怎好當真。

過兩天何文彬果然上門，手上還提了一袋米。江小旋並不感激，說何大哥送救濟啊。何文彬紅了臉，道慚愧幫不上忙，共產黨一定不會讓人民餓肚子。他知道江小旋的大小姐脾氣，為自己沒有在節骨眼上幫忙道歉。他說自己曾想引導江小旋參加革命，可是組織有組織的紀律，不是一個人說了算。

江小旋腹誹：莫不是那女人阻撓？

何文彬似乎成了對方肚裡一條蛔蟲而訕笑。

看到那厚鏡片內望著自己溫情脈脈的目光，江小旋刷地臉紅了，迅即原諒了他。何文彬說，現在需要有文化的人出來做事，宣傳黨的政策，你會刻鋼板，毛筆字又靚，我已經向區軍代表作了介紹，說明你是地下黨外圍，他已經接受你馬上參加工作，什麼時候去思明區委會找吳帆政委，報上姓名就可以了。這出乎意外的安排很令麗娘感激涕零。

參加革命工作須有革命作風，江小旋立馬扯了幾尺藏青卡几棉布，跑到虎園路李少英家，曾見到她穿過一套解放裝。解放了的僑務局人員因「統戰」而留任，蔣三省的大女兒蔣晴晴護士學校畢業，父親將她安置到中山醫院工作，放假便到父親家來。李少英仿其身上的新裝，自己比劃著做了一套。聽江小旋就要上班，夫妻都替之高興，否則李治沒能回來，這個家怎麼辦。李少英有架舊縫紉機，姐妹倆漏夜做起針線活，快樂得不行。

第二天一早江小旋把自己打扮停當（滿足），去到思明區區委會，人家還沒開門辦公，遂躲到對面街靜候，待人多起來方壯壯膽子過去。坐在門口的男人說，吳政委還沒上班，今天說不定去市裡開會不回來，把個江小旋急得一臉煞白，惟恐事情有變掛。正值進退無據，何文彬走進來，說是新來的江小旋同志，歡迎歡迎！小王拿張表格給她填，馬上可以工作，老林那邊不是缺人手嗎，江小旋一筆好毛筆字，鋼板更是了得，你帶她先熟悉熟悉。

江小旋即時成了政府工作人員。供給制沒有工資發，三餐都在公家食堂吃飽了才回家，又去總務處領了兩套工作服和鞋襪，連面盆、毛巾、肥皂都給。有時食堂蒸饅頭包餃子，個個都拿回去與家人同甘共苦，最艱難的日子就挺過來了。江小旋參加工作後，積極學習革命道理，到基層向民眾宣傳新政府新政策，工作幹勁衝天，感謝共產黨給予婦女走出灶臺的機會，是真心擁護新社會。區工會主席見她有工作能力，向政委要了去做掃盲工作，風裡雨裡踏實苦幹，屢受上級表揚。

解放後百廢待舉百業待興，國家號召海外學子和華僑回國參加大建設，各個部門都在聘請人手，文化部門尤其需要人才。領導鼓勵江小旋寫信給丈夫，邀請他回來加入祖國文化事業。李治深受鼓舞，向江素娟父女表達自己熱切回國的心情。江素娟說，原是我們欠了大哥的情，你回去吧，國梁既然去了臺灣，我是不能回去的，惟有祝福你們。於是當水路一通，大量國內人士仍千方百計往外潛逃時，李治回國了。濱城文化部門表示隆重歡迎，市文化局即刻吸收李治為國家工作人員，安排到市文化館工作。火紅的五十年代，李治夫婦都成為市級先進工作者。

如果說濱城五十年代初是澎湃火紅的年代，郊縣的土改和鎮反運動卻是腥風血雨的。

光復後接收回來的胡氏船廠好不容易才上軌道，船主重新注資艱苦經營，做回正常運輸行業，行船討海者不得已才去走私冒險，人人都希望有一碗安樂茶飯吃。豈知國共兩黨爭天下，國民黨鬥不過共產黨要逃到臺灣去，一夜之間搶去胡家十幾條船，胡家老二老三及老大的兩個兒子在真槍實彈的逼迫下，連船帶人被劫走，生死未卜。人財兩空的胡老大痛不欲生，在土改運動中卻被指勾結蔣匪、叔侄率船隊投奔臺灣，胡家「殘渣餘孽」胡老大被農會主席、民兵隊長史家兄弟押上審判臺。

那一日漁場中間搭了戲臺，臺下賣油柑枝（糖葫蘆）的、炸豆腐的、炒花生的忙起來，幹部和民兵一路唱歌操進場，鎮上的鄉民群眾坐外圍，小孩兒以為有戲看，托著凳子來湊熱鬧。只見幾個罪犯面青唇白被五花大綁押上臺，史家老三解下皮帶劈頭蓋臉打下去，初時觀眾看的膽戰心驚，小孩兒都不敢哭躲入母親懷中。後來有人高呼口號，民兵們大喊打！打！打！震耳欲聾。於是所有人的拳頭都高舉起來，罪犯們一定屁滾尿流的了。曾經幫助老區運送醫藥的胡老大免於一死，被人民政府判坐十年監獄，未滿獄病死牢中。

一九五六年新政府對民族資本家和私營個體勞動者進行社會主義改造，施世凡的「三戶紙莊」連廠帶店都被公私合營。李治他哥日本侵占時折了三條三桅帆船，重光後賣了店鋪和祖屋扶老攜幼到濱城開廠，亦遭受同等命運。

第十一章 交心

三十多歲的何文彬仍孤家寡人確實是個謎。人家南下軍人，老家那個長期堅守後方、支持男人參加解放戰爭的髮妻尚未離，就想再找一個年輕的南方姑娘。作為一個光榮的地下黨幹部，有文化又一表人才，如今還是名王老五，這不奇怪麼？老何不是軍人而是書生，書生有些念舊而且害羞，偶爾見到老朋友，總會有一絲兒恍惚，覺得時光倒流，回到十幾年前那場邂逅，以及那些後來相處的日子，簡直歷歷在目揮之不去。

何家曾經是華僑富戶，只是父親死在南洋財產落入他人之手，族叔供文彬讀完書。畢業之前那年，寡母替他相中一名女子，急待兒子念完書回鄉完婚，早早生下孫子聊慰膝下寂寞。兒子沒有明確答應慈母的安排，心下倒也覺得無計可施，人生總要生兒育女繁衍後代，只是為時尚早畢業了再說吧。豈料無意中當了人家伴郎，本以為玩玩無傷大雅，不想竟在心裡烙下了印記。

李國梁的觀察力很強。有一位女生對何文彬情有獨鍾，她名叫葉彩霞，是來自龍岩的財主千金。葉彩霞是個很有主見的女性，一直在物色自己真心喜歡的男子。小時父母給她訂下的娃娃親，她是一定要悖逆的。在校時對小她三歲的何文彬情意綿綿，千方百計要引起這位書生注意。何文彬是詩社社長，她拚命投稿而不得垂青；偶爾見小子似乎對自己注目，送上含羞答答的笑容，何迅即將目光移走。對於何同學的不解風情，姑娘解釋為窮學生的自尊，不敢高攀有財有貌的富家小姐嘛。何文彬越是不展開追求，在其心目中就越較其他男生高出一等；何文彬越是避之則吉，她越發覺得小伙子心裡有意思。總之，你是我的目標，這一輩子別想溜掉。

只是天有不測之風雲。

當一班學子行完畢業典禮，相約一周後回校聚首，一起尋找畢業出路時，葉彩霞未能如願以償。姑娘原計畫回去看看母親，哄她拿些錢就走，豈料父兄好似猜中其心思，一早布下天羅地網。嫁妝已備，鳳冠霞帔蓋頭也齊全，求最疼愛自己的母親亦無濟於事。母親說不是爹娘不疼你，而今時局不穩地方不靖，不曉得哪一天附近的這個幫那個派來找咱麻煩，女兒還是出嫁了為娘才能安心。假如萬一有個三長兩短，別說嫁妝雞飛蛋打，能否保得女兒清白也難說。兩天後男家來娶親，姑娘聲嘶力竭哭啞嗓子，叫天天不應叫地地不靈。娘家吩咐三朝回門的俗禮可免。

兩年後葉彩霞生下一子，再過一年葉父病重，男家方准許媳婦回娘家。女兒到家沒有榻前問候而是臭罵父兄一頓，也不給母親好臉色看。父親本已淹淹一息，女兒雪上加霜，一命嗚呼。此時葉彩霞打發丫頭帶兒子回夫家，說是父兄不仁女兒也仍得盡孝，待送先父上山守完孝期自會回去。老爺死了家裡忙亂不已，兒子媳婦只關心財產的安排，誰來理瘋瘋癲癲的出嫁回門女？

姑娘生於斯長於斯，對周圍的地理環境瞭如指掌，每年寒暑假回來，對老區的共產黨活動早有所聞。那些長年不在老家，聲稱去省城打工、去南洋謀生的，十有八九不是參加游擊隊，就是當上綠林好漢。她聯絡了小時的保姆，又探訪了自家的長工，向他們間接發出求救的信息。好漢們風聞小姐罵死了老財主，都樹起大拇指，自有人下山穿針引線。審慎地打聽清楚對方確是紅軍，葉彩霞毅然投奔革命，成為某獨立大隊的一員。

置之死地而後生，葉小姐經受了無數考驗，用馬克思列寧主義思想改造和裝備自己，習文練武多年，在革命熔爐中百煉成鋼，成為堅定的無產階級革命戰士。游擊隊在抗戰中壯大了隊伍，光復後他們的任務是向城市擴張和發展，配合地下黨做最後的奪權。葉彩霞自動請纓，要求組織批准她潛進城，去完成革命後階段最危險的工作。

來到沒人認識的城市，巧與昔日鍾情者不期而遇。當年的集美、同安地下組織隸屬閩西南地下黨，她以家庭教師為幌子，在集美學村潛伏下來。此時的何文彬剛放棄報社的招聘到集美任教。詩曰：「久旱逢甘雨，他鄉遇故知。洞房花燭夜，金榜掛名時。」三生有幸矣！以葉彩霞不平凡的革命履歷、愛憎分明的階級立場、雷厲風行的做事風格，恰恰彌補了何文彬的優柔寡斷、念舊多情、患得患失，天作之合也。

葉彩霞並非沒有人追。剛解放南方佳人年方三十，革命幹部不興化妝，在山區風吹日曬，皮膚略顯粗糙灰黃。難得人家思想覺悟高，革命立場堅定，深得地方領導贊賞。有位南下軍人對小葉頗有意思，部隊內部上映新影片，總是叫司機進城來載小葉去觀看。然而小葉不只出身游擊隊員，好歹也是個知識分子，對和平時期仍不改大老粗習氣的泥腿子是有些鄙夷。北方佬棉襖內邋遢的內衣，吃餃子手上一把大蔥，喝起湯麵呼嚕呼嚕，對人說話沖人的口氣，腳上鞋子熏人的臭味，麗人實在不想領教。何況她一早心有所屬，得來不易豈能放棄。

但葉彩霞尚有件私事未了，必須先處理好才能結婚。人們風傳市婦聯會主席將青春獻給解放事業，為了革命至今仍孑然一身，手下的年輕女幹部都把上司當偶像。土改時期黨組織有明文規定，黨內幹部不能干擾黨的既定政策，地主官僚出身者必須與舊家庭劃清界線遠遠避之。娘家母親已死哥哥成為地主。男家那邊兒子已經十歲，勉強讀到小學畢業之後就跟著地主父母種地。後娘是個醒目的女人，知道這兒子的娘了得，疼他多過疼自己親生的小兒子，大兒子也對後娘很有感情。

濱城周邊劃為工業區，年輕人就業的機會很多。為了保持自己的革命形象，葉彩霞不方便接兒子進城。還是老區的戰友們仗義，小葉的兒子十六歲時，他們將小子安排到地區一家大工廠當學徒，三年滿師升了師傅，而後級級向上，算是去了葉彩霞的一塊心病。後來兒子與一位女徒弟結婚，生母並沒有出席婚禮，委人送了八百元給一對新人。

何文彬雖然也是個逃婚者，但沒有「壓迫越深反抗越大」的感受，階級立場因而沒那麼堅定。曾幾何時，這位書生還想追隨國民黨去重慶。假如不是葉彩霞緊緊看住，假如組織沒有加以精心栽培，他是很有可能走斜路的。

「十有九人堪白眼，百無一用是書生」，何文彬啊何文彬，葉彩霞是你的福星，若非她引領你走光明大道，你的後半生怎樣過？不必提六十年代的鬥私批修、靈魂深處鬧革命，光是五十年代向黨交心，你又該怎樣交代你的封建家族、你的親戚朋友社會關係？你一接近江小旋人家即刻上門勘察，你想發展江小旋她馬上斷言：此等出身只能利用不可依靠。何文彬啊何文彬，你可以沒有愛情不可以不吃飯，你可以不愛女漢子萬萬不能不愛人民的大救星。

就是為了「向黨交心」，把江小旋苦透了。江村土改時阿母麗娘給評了「貧農」，她在表格上填了：姓名，江小旋。家庭出身：貧農。文化程度：初中。社會關係：兄，江玉璋，現居香港。組織卻說，不行。第一，貧農是共產黨的依靠對象，你在姓黃的封建士紳家庭長大，怎能算貧農？第二，你大哥在香港幹什麼？詳細地址呢？這些必須如實向黨交待填寫清楚不得含糊。丈夫李治的問題最令人苦惱，明明是受政府召喚從香港回來，卻對其回歸提出一大堆問號。

下班後的人流充斥每一條街道，人人皺著眉頭抿緊嘴唇神情凝重，個個低著頭匆匆趕路心裡七上八落。江小旋不願立即回家，想沿著海濱慢慢踱步，卻被人們逼著往前。茫茫人海進無據退無路，哪裡是我的立足之地？爸爸早在我未足十歲就去世，黃宗漢的後人十五年前就灰飛煙泯了，為何要我的家庭出身填寫「封建士紳」？而填了黃家的歷史就要正名改回「黃曉璇」，說是「江小旋」有刻意隱瞞成份之嫌。大哥在香港幹啥我怎麼知道，又沒有通信，怎知道地址！只不過是聽人說他去了香港。算了，你們想要我怎麼寫都行，只要有工作。她似乎想通了，從今往後，江小旋已死黃曉璇復活。

李治長年跑郊縣不著家，黃曉璇下班後總在海傍無盡地徘徊。多年前在江村對著浦溝躊躇的情景重現，此事終於被何大哥發覺。這天是農曆十五，應該是月亮最皎潔的時候，下班時分天上突然有了薄雲，可天仍是亮堂的，一點風也沒有，令人感覺非常悶熱。整個夏天都沒有下雨，黃曉璇渴望天陰得更重些，來一場雷鳴閃電、狂風暴雨，哪怕颳十二級颱風，她也要站在風雨中洗去自己的煩惱。何文彬裝著偶遇在海濱公園撞上了，兩人又來到昔日喝咖啡的小茶館。當年的伴娘忍不住傷心起來，依偎伴郎哭訴對政策的不解，抽抽泣泣地為丈夫鳴冤屈。何文彬自忖，李國梁與李治的兄弟關係，都是自己告訴葉彩霞的，只要不同那個女強人結婚，朋友們還有苦頭吃呢。不結婚永遠是她的下屬，結了婚不僅在外是她的下屬，就連在家庭的空間也還是她的下屬。

「大哥就要結婚了，今後也許不能再幫你，要學習自己照顧自己。」何文彬咬咬牙拍拍黃曉璇的手背，語帶哽咽。

「我會的。恭喜大哥！」黃曉璇望進何文彬鏡片內，看到的是誠摯深沉的目光。

兩人再次緊緊握手，黃曉璇擦乾眼淚告辭。

葉彩霞手持結婚證書紅光泛發。

人民對將濱城從鐵蹄下解放出來的老革命是非常崇敬的，組織上對作出卓越貢獻的功臣關懷是無微不至的。何文彬夫婦被安排到鎮邦路一個住宅，那是一位銀行家的房子，舊主人在政權交易前舉家去了香港。派出所所長派人作了檢查和修飾，居委會主任親自物色了一名年輕健康的女傭。女傭依嫂是個醒目的女人，首先請教領導如何稱呼主人。這倒是一個難題，把派出所所長和居委會主任考起。

時代不同了，老爺、夫人是封建社會的產物，先生、太太是資產階級的代名詞。新社會人與人都互相稱同志，可是傭人稱主子同志，即是平起平坐，將成何體統？現代人年年評職稱，職稱是一門學問，理論上指的是專業技術水平，如大學的助教、講師、副教授、教授。中國人都很講究，通常學生在老師和教授前面加上姓氏，如李教授、張教授、李老師、張老師，絕對不會稱呼什麼「助教」、「講師」甚或將「副」字帶出來。國家幹部從中央一級首長到地方二十七級辦事員，都有明文規定。常人無法分清一層層官員級別，通常以其職位簡稱。百姓只知偉大的毛主席，其他人若被稱「主席」似乎有些尷尬；上自中央總書記下到地方，省委、地委、市委，區委，各級都有黨委書記、支部書記，又該作何稱謂？兩位主人一個市婦聯主席一個總工會黨委書記，這下怎麼辦？所長和街媽把頭髮都搔短了，惟有叫傭人自己請示主人去。

豈料葉彩霞嫣然一笑：「在老區人人叫我小葉，在敵占區同志們膩稱我大姐，就叫大姐吧。」

四十歲了，稱大姐合適。女主人的稱謂確定了，男主人呢？

「叫先生有何不妥？讀書人就喜歡人稱先生，咱濱城人稱『先』，就叫他『何先』。」

何先把母親請來同住，單身時節老母死也不肯出來，說兩代鰥寡丟人現眼。現今離開鄉下來到一個全然不同的城市，方知兒子了得！房子雖沒有鄉間地方大，卻非比尋常。客廳擺著張大大的橢圓餐桌，天花板上垂下一盞枝形吊燈，支支燈泡呈蠟燭的形狀。西式大沙發把人的屁股都陷進去了，玻璃茶几上的煙灰盅精緻無比。大窗戶上一層白紗窗簾，若不束起那道天鵝絨窗幔，流蘇幾乎垂到打磨得光滑的柚木地板。房間內的燈是昏黃的，緞面的床罩垂地，動一動鋼絲彈簧床墊就把人彈起。床前梳妝檯上一瓶瓶精美的玻璃罐子，粉色的燈罩綉花的坐墊。廚房餐櫃內一套套鑲金邊的細瓷碗盞茶杯，傭人清洗時非常擔心，惟恐打破這些貴重的器皿。

何老太太在鄉間用慣了地瓜稀飯鹹菜，何先上班前隨意在小攤販吃個早點。濱城的街頭小食堪稱多式多樣：麵線糊、鼎邊糊、糯米粥、豆漿、馬蹄酥、油條、燒餅，應有盡有。可是葉大姐老家是吃乾不吃稀的，又嫌外面食物不衛生沒營養，規定依嫂蒸饅頭磨豆漿，天天獨孤一味。何老太太望饃興嘆。老人家你不做事不餓肚子，你兒子沒有健康的身體怎樣幹革命？何先在老婆大人的監視下惟有服從。

下班回來何先克制不了嘴饞，往昇平路外厝埕流連。來一碟炒粿條。真香！回去吞不下飯老婆能不發覺？那也可能燎起革命火頭。吃一半又浪費，後來想了個辦法，隨身帶個小公文袋，分一半出來，回家偷偷塞給母親做夜宵。有一回買了個鹹公餅（燒餅），行動不密給抄出來。葉大姐倒是不發脾氣，只冷冷地對依嫂說，以後晚飯煮少一點，反正不必多久別人都會傳兒媳婦刻薄，沒飽飯給婆婆吃。何老太太不敢出聲，只是一味念叨鄉下。何先明白母親是住不下去了，只好送她回老家。

晚上吃飽了飯沒事幹，何先沒有興趣與老婆卿卿我我，睡覺又嫌早。加了件披風想到樓下走走吹吹海風。

老婆打量著丈夫，眼睛似是在拷問：「夜出是正經男人幹的嗎？」

何先便不好意思出去了。

今天他計上心來，特地去浮嶼市圖書館借了許多書，打算逐一飽覽。躺在客廳沙發上，調校好檯燈，眼睛累了也不願起身，呼呼睡去。多麼愜意！

孤枕難眠的老婆腹誹：「美的你！」

第二天何先又如法泡制。此時葉大姐擲出一本厚書，差點擊中丈夫要害。

何先跳起來，正想罵一句「謀殺親夫！」，再隨手撕爛這破書，低頭一看，「我的媽呀！《毛澤東選集》！」

老婆腹語：「叫你領教老娘的手段！」

何文彬屈服了，但他的妥協也幫不了李治。

李治這個書生真笨，還想鞠躬盡瘁死而後已。誰也救不了李治，他邁不過這個坎。

領導將李治調離文化館，布置了更艱巨的任務：要在短時間內打造出一個專業劇團，不僅要迎合人民大眾口味，改編歷史傳統劇目，而且要歌頌新中國，編導令人耳目一新的現代戲。李大導幾乎沒時間回家，工作方面大自親下各個縣，到處去招請劇社專才和各類演員，著手改寫舊劇本、編寫新劇目；小至斟酌前臺的唱腔唱詞、後臺的鑼鼓絲弦、舞臺的燈光設計和幻燈效果。閩南人不懂官話（普通話），最大的娛樂就是去戲院看地方戲。臺上演員聲情並茂地演唱，臺下觀眾如醉似癡地喝彩。

李治真不簡單，迅速為劇團編寫了數十部老戲，都是些膾炙人口的戲目。閩南人對〈陳三五娘〉、〈山伯英台〉、〈西廂記〉、〈杜十娘〉等才子佳人戲百看不厭，武打戲〈三岔口〉、〈樊梨花〉、〈楊家將〉亦深受歡迎。民眾戲院、開明戲院、鷺江戲院一有戲開場，幾乎場場爆滿。劇團除了在濱城演出，還得跑永春、安溪、德化、大田周邊地區，為更多人民大眾服務。李治對新文藝方針心神領會，精心創作新戲〈陳總殺媳〉和〈老少換妻〉，改編趙樹理小說〈小二黑結婚〉，並將雲南撒尼族〈阿黑與阿詩瑪〉的故事搬上地方戲劇舞臺。最成功的劇目當數〈屈原〉，經演不衰享譽四方，連中央首長葉飛、周揚、羅瑞卿、董必武、林彪等都聞訊前來濱城觀看。李治被選派出席福建省文教勞模大會，實至名歸。

一面是劇團編導、南音大師、書法家、省文教勞模，一面是永遠說不清的歷史問題。老家的生意一早結業到濱城辦廠，兄長輸光了身家仍脫不了資本家的光榮稱號。這倒事小，嫂子娘家勾結蔣匪的事大。人們無法考證卻敢於大膽聯想，把李治送江素娟赴香港會父作了另一種設想，斷言李治在香港向臺灣通風報信，導致蔣軍可以順利拖走胡家的船隻。還有老家姓史的農會主席來信告發，李治居鄉期間調戲良家婦女，證據便是其人左手小指頭短了一截。

如此嚴重的指控，李治能活嗎？

李治的問題實在難以交代清楚。後來又加上一條罪狀：接受臺灣使命回國當特務。冠以「特嫌」的罪名，李治被送去將樂縣梅花井農場「勞動教養」。本來他有回來的希望，然而領導說，「一張大被不可能蓋上兩個階級」，必須大義滅親。婚後幸福的葉彩霞獻計，為拯救李治和黃曉璇的孩子，勸黃曉璇和丈夫離婚，劃清界限子女方有出路。

考上中學後李逍逍一直要求進步，可是入團申請書一再被刷下來。團組織委員與之談心，勸戒她要背叛家庭出身，尤其應與有嚴重歷史問題的父親劃清界線。我媽不是和父親離婚了嗎？我不是由法院判給母親，與父親脫離關係了嗎？雖然父親沒有遭到公開審判沒能定罪，實際上既沒有工資更沒有政治權利。李逍逍不明白，領導也解釋不清楚。還是班主任老師責任心強，諄諄引導這位成績超優的小女生，特意布置了一篇作文，題目為《寫給父親的信》。

文章中的李逍逍聲淚俱下。女兒懇求父親接受社會主義教育，向黨和人民澈底交待歷史問題，挖掘腐朽反動思想洗心革面，拋棄舊社會殘留的意識形態，在勞動中滾一身泥巴磨一手老繭，脫胎換骨改造自己，潔靜思想深處的靈魂。「爸爸，只有您澈底改造好了，女兒才會迎接您回來。」文章被老師作為範文，登上校刊廣為宣傳，學校政教處主任還建議李逍逍，將信寄去農場給父親。李逍逍終被領導默認為「可以教育好的子女」。

天真幼稚的女兒不知道，這近於向父親的心上插一刀，他還能活著回來嗎？

第十二章 苟活

工會工作人員是黨的忠心助手，他們在影樓拍攝的集體照片上書寫下警句：「做黨的馴服工具」。和丈夫劃了界線，仍得不到信任，你想做馴順的工具人家並不稀罕，黃曉璇被下放到店前農場種桑養蠶。只要有工資收入，挑大糞又如何？民國時代再窮也不必當農婦，新時代全翻了個兒。俗話說，「馬死落地行」，沒有選擇。

或是從事體力勞動的緣故，黃曉璇白晳的膚色日見灰暗，一頭青絲開杈枯黃，眼角已見魚尾紋。有時照照穿衣鏡子，見昔日苗條的腰身逐漸變粗，舊時的旗袍肯定穿不了，接下去很可能變成水桶。這些問題來自大吃，粥一碗接一碗地喝，菜一碟接一碟地啃，若有乾菜飯吃，一隻小鋼精鍋的量也吃個精光。但她捨不得吃飯，人人都覺得不飽，女兒逍逍遇放假一有車蹭就跑過來找吃的。李逍逍十五歲上高中了，本是發育的年齡卻長不高，一副面黃肌瘦病秧苗的模樣。

這個週末女兒搭了農場的車子進來，她已經與司機老梁十分熟稔。老梁大好人一個，若是禮拜六進城，總是特地兜到水庫那邊，有意無意地「撞」上小妞，順便捎她來農場看媽媽。日後回憶起來，黃曉璇估計會不會是何文彬授意的呢。看著女兒狼吞虎嚥，連一大碗紫菜蛋花湯都倒下肚子，母親看了心痛不已。預約了老梁，下個週末有車捎她進城回去拿些東西。

城裡的食店都排長龍，人們從店堂排到人行道上，輪半天才能等到一個位子，除了錢當然還要糧票。食品公司櫃檯內糕餅琳琅滿目，全是高價貨品，有幾人吃的起？踱到蘿菜河那家信託公司，只見人頭湧湧，不少人捧著舊時的好衣物來寄賣。黃曉璇靈機一動急忙趕回家，本來想買點什麼東西給那一老一嫩，這下顧不上了。反正兜裡還有幾個蕃薯絲餡的代粉包子，黑糊糊的賣相不好，卻能飽肚子。

家徒四壁。翻箱倒櫃僅剩些須舊衣衫，這些年旗袍都改了給女兒。終於抄出一件毛料子如獲至寶，用圍巾包起來，急匆匆趕到信託公司，彷彿人家就要關門大吉似的。師傅，請估個價。老師傅戴上老花眼鏡，用手摸摸質感，逐尺逐寸細細察看，拿起檯上的長條尺量下寬度和長度，贊賞地點點頭。好料子，伸出三隻手指。轉身叫小夥計開了張單：藍嗶嘰毛料適做男裝一套，作價三十五元。師傅說，三天後過來看看，有客要了我們抽傭金百分之二十，淨值二十八元。

黃曉璇接下單子，說謝謝師傅。回家告訴母親，三天後去思明南路某家信託店，憑此單取款回來，然後到藥房買盒烏鷄白鳳丸，給逍逍炖隻烏絨雞，孩子再不發育就遲了。麗娘唯唯諾諾，她這陣子餓的頭昏眼花，話也不願多說。現今的大人小孩食量都不知不覺地變大了，口糧定量是不少，可是配搭了許多不耐吃的雜糧。副食品尤其緊張，肉類、豆腐、雞蛋全要票證，黑市翻幾倍價錢。逍逍比姥姥吃的多，姥姥喝稀的給孫女乾的，小妞就是不長肉。

有僑匯的人家就好了，南洋寄款來政府附送僑匯券。許多人得了肝病，醫生說缺乏營養所致，打外國寄來的肝精、B12針藥最快見效。麗娘去蘿菜河信託公司時，見到不少僑屬拿來一盒盒B12，即刻有人要了，賣的好價錢。麗娘此時聽到一把熟悉的男聲，回頭一看是蔣三省。在這種地方相遇頗有些尷尬，肚子餓的人卻也顧不了體面。麗娘坦言賣了塊布給孩子弄點吃的，蔣三省說他也是，老婆得了重病，不曉還能拖多久，賣了自己的西裝，給她換兩盒B12盡人事吧。

兩個人一路走一路聊，麗娘說，你兒子不是走遠洋輪船嗎？不能帶點補藥救救二娘？蔣三省長長嘆了口氣，說兒子以前在外國郵輪當大副，不錯是跑遍全世界。自從響應祖國號召歸來參加大建設，政府分配他走內航線，再沒能出國。他娘在鄉下又病又餓死了，誰又顧得了誰？麗娘不敢再吱聲，偷偷打量身邊的男子，以前西裝革履頭戴毡帽手拿斯迪克，而今解放服布鞋，當的啥僑務局長，一張僑匯券也沒有，老婆快病死了，真淒慘。是啊，誰又顧得了誰？搖搖頭轉彎到市場買烏絨鷄去。

過了一個星期，黃曉璇回家聽阿母說撞見蔣三省的事，睜大雙眼不敢相信。顧不上吃午飯，在中山路搭上公車，徑直去李少英家。蔣三省住的挺寬敞，是人家華僑的產業，代理人將小樓分租兩戶，樓上是位省立醫院的醫生，樓下租給僑務局局長。黃曉璇見屋外小庭院沒有一線生機，種的花花草草都枯萎了，許是主人久病沒心思打理。三房一廳連衛生間，房子長期未修飾，門面是殘舊的，內牆壁都黃黃的，柚木地板沒打蠟起了皮。

李少英聽說妹子來訪，想要下床卻起不來，黃曉璇急忙進房間扶她坐起，往背後加了個枕頭當墊。姐姐別下來，你就這樣挨著舒服，咱姐妹聊聊多好。握著李少英骨瘦如柴的手，瞧她一臉蠟黃枯槁，連眼白都是黃色的。想起光復後大家初到濱城的情景，那時的李少英剛滿三十歲，姐妹們為她慶賀生日，齊聲同唱「生日快樂」，切上蛋糕你一件我一件，孩子們吃得一頭一臉的奶油，洪麗華還扮起聖誕老人逗孩子，黃曉璇的眼淚再也忍不住簌簌而下。世事滄桑，十五年時光而已，走的走逃的逃，天涯海角生死兩茫茫，心酸得說不出話。

「妹子別為我難過，姐很快就能脫離苦海，去另一個世界。天父在天堂接我，我會為大家祝福，終有一天大家在天家重聚。」信主的李少英並不畏死，雖然病入膏肓肝區時常作痛，渾身乏力疲憊不堪，她仍然接受命運，不埋怨不沮喪。長期營養不良導致傳染上乙型肝炎，治理的不澈底，由急性轉慢性拖了些年，最後肝硬化藥石無效。後階段痛極了時，蔣三省的女兒蔣晴晴下班便來替二娘打止痛針。李少英放不下的首先是女兒玲玲，她僅比李逍逍略小幾個月，但書讀的不好留了兩級，初中畢業後考上集美工業學校；其次是未能說服丈夫信主，一直以為遲早將帶三省加入教會大家庭，想不到竟要先老頭子而去。握著李少英皮包骨的手，訪者除了心酸什麼也說不出口。

李少英的絮叨令人心亂如麻，病人由於情緒激動，原先灰暗的兩頰現起紅潮，接著整個臉龐都燒起來。眼看一向平和的姐姐就要失控，黃曉璇心急的不得了，不知如何是好，恰巧有人推開房門進來，原來是蔣三省的護士女兒下班給二娘打針來了。緊張的黃曉璇終於鬆了口氣。瞧蔣晴晴熟練地打開鋼盒子，用針筒敲打針藥劑，抽出針頭注射到病人已不見肉的手臂上，末了用酒精棉按住針口。黃曉璇心想，按什麼按呢，血也沒多滴了。大概見病人情況不妙，蔣晴晴給二娘掛上鹽水瓶。見李少英沉沉入睡，黃曉璇不辭而別。

公交站在中山公園南門口，黃曉璇卻朝相反方向走。她突然害怕喧嘩的人群，必須設法讓自己靜一靜，腳下不覺向萬石岩水庫步去。人人都為肚子奔忙，沒有人到這裡來。遙想當年幾家人到萬石岩踏青，施世凡夫婦為大家準備了豐盛的野餐，肚餓者可隨意取食麵包、餅乾。山上虎莓清甜可口，隨手採下來當水果；淙淙泉水清澈見底，渴了用手掬起來喝。大人們欣賞千奇百怪的石頭，陶醉於蜂蝶亂舞的野花綠草松林翠柏，孩子們在草地上捉迷藏做遊戲，洪麗華的兒子歪歪斜斜地學步，不斷跌倒又爬起，爬起又跌倒。

那些似乎是上一個世紀的事了。腳前的烈士陵園建於濱城解放第五年，烈士紀念碑巍巍聳立於綠草如茵的緩坡上，碑高二十四米，碑上金光閃閃的八個大字「先烈雄風永鎮海疆」乃陳毅元帥手書。碑座寬闊的臺基約四十米，前後各有數十級臺階，碑底和碑頂分別雕刻海浪和白雲。三層松柏環繞的烈士陵園肅穆莊嚴，安葬著解放戰爭中犧牲的一千多名將士。黃曉璇崇敬烈士在心裡默默禱告，願他們的靈魂上天堂。小女人卻又不明白，先烈英勇戰鬥為國捐軀，不就是要人民過上好日子嗎？然而這日子怎麼越過越差？想起無處伸冤的李治，想到無奈掙扎的李少英，索性坐在陵園的石階上放聲痛哭起來。

李少英走了。

遺下的人並沒有停止挨餓。

捱到第二年，人人飢火燒身個個如餓鬼投胎，只要能吞下肚子的東西都來之不拒。這一年夏天李逍逍參加高考，她就讀的是省重點中學，論成績一直排在全校前五名，肯定沒有問題。論政治條件就令人擔心了，既然黃曉璇聽黨的話與丈夫劃清界限，子女應該有前途吧。為了生存忍心違背婚誓置李治於死地，是一生一世的糾結哪！發錄取通知的那段日子，三代女郎夜夜難寐，是怎樣的一種懲罰！以為前途盡墨的最後關頭，李逍逍僥倖考上師範學院，生活費用由政府全包。一是李逍逍的高考成績全市第一，二是「可以教育好的子女」政策畢竟給了機會。

黃曉璇少了一個人口負擔，肩上的擔子陡然減輕了不少。原本可以好好孝敬阿母，豈料麗娘忽然全身浮腫，皮膚光滑得起鏡面，用手輕輕一按就凹進去。女兒又不能辭職來照顧母親，新社會沒有工作的人就是乞丐。老人長躺病榻，靜靜地去了。其實就是營養不良而已，若能給她喝一年半載牛奶，有飽飯吃，立馬好起來。或許外孫女上了大學，她的歷史史命已經完成，該去會她的江郎了。女兒沒有通知任何人，一個人送阿母到火葬場，定定地看母親的遺體在烈火中燃燒焚化，沒有號啕大哭。人道父女是前世的情人，母女該不會是前世的仇人吧？今生母女緣份已盡，對阿母她只有怨懟從未感恩。黃曉璇的心何等剛硬！

開學李逍逍赴省城上大學黃曉璇便無家可歸了。平時住農場週末進城，只有蔣三省有地方落腳，這個老男人倒喜歡有人來作伴。幾乎所有的假日他倆都在一起，所有的精神皆用來研究吃的。

星期六黃曉璇在路邊等截車，有個髒兮兮的小男孩跑過來，遞給她一團亂七八糟的繩子，原來串著十隻小麻雀，大概是彈弓打下來的。阿母說兩塊錢，男孩語。難得有肉吃，這人家寧願賣了。是啊，兩塊半可以買一斤米，磨成粉煮野菜糊糊全家可以吃幾餐。黃曉璇不忍心給了兩塊五毛錢，孩子歡天喜地跑了。

帶著意外戰果抵蔣三省家，她有鑰匙。打開門煤爐正旺，一壺滾水燙下去，三下五除二，去了毛的雀兒瘦小極了，看似跟人一樣的餓吧。用剪刀開膛洗淨一分為二。打開挎包取出自己種的包菜、蘿蔔和蔥蒜，先爆香薑蔥再加醬油糖酒，香氣從鍋蓋邊沿溢出，不一會兒，一碟香噴噴的紅燒雀肉令人垂涎三尺。黃曉璇真想偷吃一塊，就當試味道，終是忍住。鍋子捨不得洗，就這麼炒菜不浪費油水。菜其實不是炒的，沒有油而是加水加鹽燜爛。看看米缸所剩米已不多，思量再三還是決定煮乾飯，否則虧了這一等紅燒雀肉。米吃光了讓老哥自去想辦法，堂堂僑務局局長，弄幾斤僑匯糧票不會太難吧。

下班時間遠遠瞧見蔣三省身後跟著個人，黃曉璇躊躇著要不要藏起飯菜，結果放棄了小肚雞腸的婦人之念。只見此君頗面熟，走近了原來是他！蔣三省的族弟蔣少雄！怎麼跑這兒來了？周末聚餐已經是不成文的規定，老哥特地帶他來吃飯。

「表嫂！」一進門就知道屋裡有人，當是老哥告訴他的。黃曉璇看這位多年不見的兄弟已是個成熟男人，不復當年的羞赧。這年頭大家都餓得頭昏眼花，什麼事大得過吃飯。於是三人顧不得寒暄坐下悶頭吃飯，一碗又一碗的扒飯，一件又一件的連骨嚼，一塊又一塊蘿蔔包菜吞下肚。始終沒有人問吃的是什麼，也沒有人懷疑會不會是老鼠肉，只管風捲殘雲掃蕩得乾乾淨淨。吃完了彼此相視而笑，原來男男女女都這般醜陋，天掉下來吃為先。

女人自然負責收拾殘局洗刷鍋盤碗筷。蔣少雄踅入小房間拿出一聽武夷山大紅袍，老哥取出茶具洗刷一輪，滾水一沖即刻茶香滿屋。通了煤爐添上新煤，封好爐子倒了垃圾，蔣三省一派做慣家務嫻熟的模樣。

大家終於可以坐下來品茗。

茶過三巡，蔣少雄訴說起鄉下的災情，一言以蓋之，顆粒無收。城市人有糧油配給尚可咬咬牙，與黨同心同德克服所謂「暫時困難時期」；農村餓殍遍野，一路逃難的男女老少令人卒不忍睹。學校裡的孩子都餓昏了，情願放棄學業去找吃的；老師那三四十塊工資買不了幾斤米，索性辭職不幹，寧可去種自留地或做點小買賣。

「我們學校的音樂老師跑去殯儀館當喇叭手，體育老師幹的走私勾當，替人帶點東西穿州過縣。政府稱為違法的事大把人去做，因為家人就快餓死了，有什麼比吃飯要緊？」

「你的小提琴呢？既然音樂老師可以跑去當喇叭手，你也可以去賣藝。」老哥說。「本地就有地下舞場，那些因『投機倒把』賺到錢的，夜間常常到彼處消費，聽說也有女人陪跳舞。」

「什麼地上、地下的，桐城工人文化宮有公開的露天舞場，據說並不犯法。我的小提琴可以自我陶醉，可以上臺獻藝，不能去那種地方賺錢。」蔣少雄這人挺有原則。

既然投奔老哥來，蔣三省惟有將之安插在禾山一家小學。蔣少雄當起臨時校長，舊的老師早跑了一半。黃曉璇沒有插嘴，靜靜想像蔣少雄拉小提琴是怎樣的模樣。三個人吃飽喝足，各自找自己的房間休息。蔣玲玲難得回家，正好一人一間房。

打這時候起每週一聚，黃曉璇和蔣少雄自動找來五花八門吃的，周末是三家村的大日子，風雨無阻。

有一回黃曉璇才進門，蔣少雄神神祕秘地向她招手，要她猜猜今天拿什麼打牙祭。黃曉璇雞鴨鵝牛羊豬瞎猜一輪他都搖頭，說你想的美，和平鴿你吃嗎？黃曉璇笑起來，餓極了和平也不要了。只見蔣少雄取出一個打漁人的小竹匣晃動一下，難道裡面有蝦、蟹？你又想的美！拿到灰塵飛揚的光柱下一看，是幾隻田雞。快立春田雞就肥了，感恩上帝為世人安排的一切！

兩人趁老哥未下班動手做飯。

黃曉璇從未殺生，雖然在農場鍛練了幾年，殺豬也看過，仍是不敢下手。還是男人膽大，蔣少雄說讓我來，你去嫂子的籮筐找支納鞋的錐子來。說罷捲起袖子，伸手進竹簍抓出一隻四腳亂動的田雞。只見他用左手按住青蛙背部，右手一刀斬去它的頭，再跺去爪子，翻轉過來用錐子將之釘在砧板上。剖開白色的肚皮，挖出內臟輕輕用手從田雞背脊抓起，雪白的田雞自動脫去皮，順手切為四段。脫去皮的家伙仍不停地動。

將農場帶來的大把蒜頭拍扁，燜出的田雞那個香啊，叫人心動！更妙的是，有人送了老哥一支米酒，三隻饕餮忘了外面飢荒的淒慘，陶醉在美食當前的世界。

再一次田雞餐少雄改良了做法，說是有個青蛙博士研究的結論，田雞渾身是寶通統可以吃，內臟和田雞皮富有營養扔掉多麼可惜。於是他將腸子切開，皮也不剝了。黃曉璇覺得噁心，抓了大量食鹽揉洗，吃的有點不是滋味。

下一個週末黃曉璇並未出席聚會。

兩個男人整宿未眠。

老哥面子大找了輛過路的悶罐車，蔣少雄立即登上司機隔壁的座位。車子風馳電掣，半個多鐘就到店前。下車問了人，左轉右轉地瞎撞，過農歷年農場的人都跑的沒影。經過一列列女宿舍，推開一間間沒有上鎖的門，終於在最遠的一處看見蜷曲床上的黃曉璇，看似痛苦萬分。蔣少雄迅速背起她朝回路走，艱難地來到大路邊卻沒有車過，遠遠見來了一輛猛招手又不肯停。於是他將黃曉璇停靠在路邊小樹下，跑到公路中間站立，見有車來便揮臂亂舞。總算截下一部軍車，軍人很有禮貌地幫忙扶了病人。蔣少雄要求進城去中山醫院，姪女蔣晴晴在那裡當護士。

黃曉璇命不該絕，蔣少雄若不趕去就死定了。醫生作了搶救，經過一輪檢查診斷為膽道蛔蟲，情況嚴重必須馬上做手術。黃曉璇可以享受公費醫療，只是誰來簽字？醫院聽說病人家屬不在身邊，女兒在省城讀書，一時半會無法通知來不了，沒有人能做主。近來醫院的手術成功率很低，倒不是醫生醫術不高明，而是成功的手術沒有後續配合，病人由於缺乏營養體質衰竭而亡故。

老哥和蔣少雄無計可施。此時一直昏迷的病人突然甦醒，黃曉璇要求醫生讓自己簽字做手術，生死有命與人無尤。醫院同意了。

說來奇怪，自上周末吃了田雞餐回農場，是否心理作用一直想嘔吐，黃曉璇再也吞食不下食堂的飯菜。之後腹痛、心口痛、出冷汗、周身無力，以為勞累告了兩天假休息，竟是昏昏沉沉似睡非睡。迷迷糊糊地有人和她說話，可以清楚地感覺是丈夫李治那把磁性的男音。他說，我要走了，本來我倆該一起走，你想撇下我也不行，上主早有安排。憑著我的虔誠，我天天祈禱，寬恕了你，也祈求主寬恕你，因為孩子還需要你來照顧。主聽見我的誠心禱告，若非有主我心早已死。願我能代你贖罪，將我的壽留給你。我未能活過五十，你卻有百歲之壽，因為你的親人一直在天家為你祝福。

黃曉璇倏地醒來。一陣風吹過，給冷冽的冬天增添一點寒意。再昏睡到蔣少雄殺到……手術成功，因為有老哥的女兒照看，還有蔣少雄整個寒假細心的照料。出院時醫生交代，病人非常虛弱，必須補充養營。這誰不懂呢？稀粥裡有多少營養！

一九五八年春季劇團奉命停演，全團八十名員工被集中在露江戲院，與外界隔絕往來，原劇團領導靠邊站。軍代表起用一批新人，積極分子們剛從農村出來，學學功夫跑跑龍套，他們根本想不到，能在政治方面派上用場。劇團一班能彈會唱來自舊社會的老戲骨，人人誠惶誠恐，必須把自己的歷史點滴不漏逐一交代，書寫大量筆供交組織審查。

經過幾個月的集訓，新領導最後拍板確認了四名「問題人物」，他們是劇團舊班主、編導李治、名演員林某及後臺管理。舊老闆屬於剝削階級；後臺管理有三青團「汙點」；名演員林某則是恃紅生驕，曾經三杯下肚後罵領導；至於編導李治，冠以「特嫌」之稱。百分之五的名額剛滿，集訓圓滿結束。由於缺乏證據定不了李治的罪，沒有資格被送去「勞動改造」，惟有將之遣往農場「勞動教養」。共產黨的政治名稱還真多，「改造」和「教養」分屬不同級數。

李治踏上風雪驛路。

所去的農場可不是店前那類郊區農場，而是遠在南平將樂縣梅花井。今日歸屬三明地區的梅花井，無疑是個如詩如畫的世界，慕名者從四面八方湧去參觀，感受「家家門巷盡成春」的世外桃源美景。然而二十世紀五十年代的將樂人口稀少荒涼不已，除了漢族，更有許多少數民族聚居，他們是畲族、蒙古族、滿族、回族、苗族、彝族、壯族、土家族、布依族、高山族、納西族、仡佬族、仫佬族、東鄉族等等。

卡車將勒令「勞動教養」的一批人運到縣城，城外十幾里山路必須步行，每個人都肩挑自身行李，包括棉被、木箱、面盆、雜物。設想一個戴著眼鏡細皮嫩肉的文人，如何開始這段苦難歷程？天未亮從縣城出發，摸黑才進村子，是怎樣的摸爬滾打？馬姐罵的不錯，有病才往回跑，自動送上門的羊入了虎口。什麼遠大理想抱負，幼稚啊李治！

最為不堪的是，《梅花井農場》仿似虛擬天地，縣政府是派人來對村長說了，僅是憑借一道石灰粉劃地為界，並沒有辦公樓、宿舍群等建築物，來接受「勞動教養」的人們暫住牛棚，往後除了開荒種田，乾打壘造房子更是一項艱巨任務。此間上面尚配給口糧，咬緊牙關日子還可以過，李治勉強度過艱苦的勞動難關，卻忍受不了思親的寂寞。可憐的家伙不敢寫信給母親，因為早與大哥達成協議，不能讓老母親知道小兒子落難。老婆單方面提出離婚，為了孩子的前途自己咬牙簽了字。初時心中仍存有幻想，鑼鼓絲弦時時飄於耳際，閒暇之際試圖在心裡構思另一齣歷史劇，期望比《屈原》更宏偉。可是現在女兒反過來教育自己，除了絕望還能說什麼？

後來鬧了飢荒……

那個年代到處都有勞改犯、勞教犯集中營。有位目睹勞改農場者著書說，三年半「困難時期」，前一半是犯人的勞累史，後一半是他們的飢餓史。從機關、學校、企業揪出來的右派書生和各種「汙點人物」被送至勞改、勞教農場接受教育，起初每天有半斤糧食供應，後來斷了糧，每餐只有樹葉熬成的湯糊喝，下不了地靠曬太陽取暖保持體溫。領導叫他們掘野菜、捋草籽，犯人自行挖鼠穴、捕耗子、吃蜥蜴。野菜吃光了煮樹枝草籽，便秘互相用手指幫對方掏糞蛋。有人吃自己拉出來的蛔蟲，有人搶別人嘔吐出來的穢物，有人吃了蜥蜴、毒蟲中毒，許多人全身腫脹得像南瓜，眼皮浮腫得睜不開。冬天的晚上，人們空著肚子睡在冰涼的地板上，兩腿一伸，明早醒來冷炕上一具具餓殍，屍首用破被子一裹，鏟幾下沙子一蓋了事。埋葬死者的餓得頭昏眼花何來體力，沙丘成了萬人塚。還有更可怕的，飢荒中的營友相互蠶食，活人吃死人，人吃人……

遠方的李治終是捱不下去，卒於一九六一年的冬天。怎樣死的，葬於何處，沒有人知道。

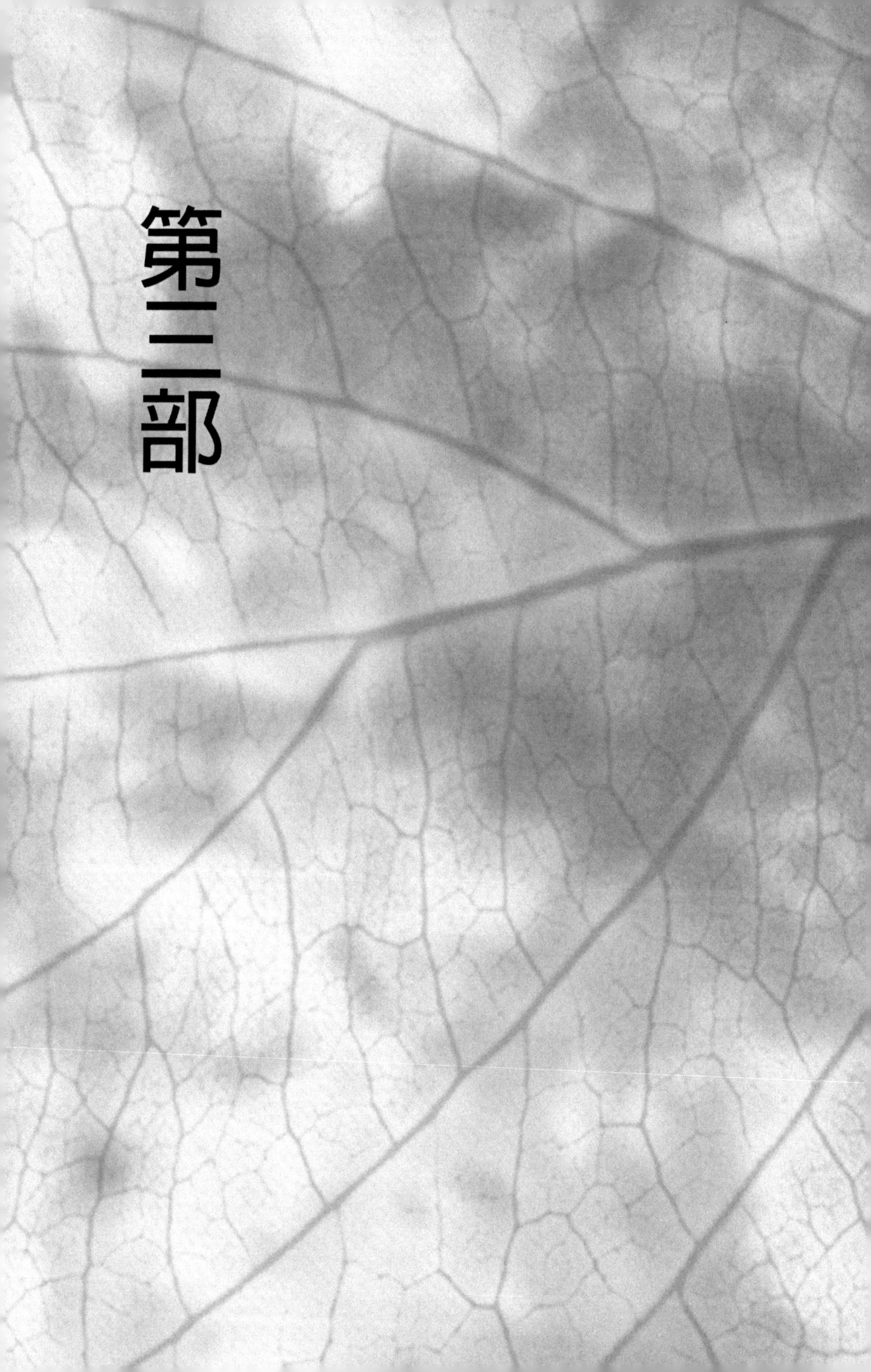

第二部

第十三章 飄零

歲月無情，不知不覺在香港住了這麼多年。江素娟這個從來不曉得什麼叫做窮的大小姐，雖然逃離了可怕的新政權，在異鄉也受夠了苦。

父親雖在生意場上打滾了一生，但他熟悉的是南洋的實業生意，對香港其時工業尚未興盛，金融業制度亦未健全的社會不甚了了。老人家將生活安頓下來，除了看醫生休息靜養，閒暇的時間太多，每日的報紙令他眼花撩亂。難民不斷地湧入，可以想見百姓恐共的心理。那個冒牌姑爺太傻瓜，既然陰差陽錯，住下來不就結了，回去能有啥好結局？而今正牌的姑爺來不了，自己若有個三長兩短，愛女和兩個可愛的孫兒有誰可以依靠？

老人家惟恐坐吃山空，想給子孫積累些錢財，天天留意財經新聞，想試做一點投資。打聽香港的朋友，他們都在買股票，說哪些實力股雖升的較慢，但適於長線投資；哪些新興股漲的太快，宜於短線投機。你不妨先買它一點，待熟悉行情再作打算。江老先生覺得言之有理，便在附近的經紀行開了個戶口，無事下樓走走看看聽聽。經紀的消息都頗准確，買賣股票是賺了些小錢。

經常出入股票行自然接觸同道中人方便互通信息。新朋友都說做「黃金會」好，因為黃金一直看漲。所謂「黃金會」即是黃金積存計畫，散戶只要去金鋪開設黃金戶口，按當日金價買賣黃金賺取差額，又稱「紙黃金」。金鋪收了散戶的資金理當與交易所作相應的買賣，以確保本身的黃金儲備量。江老先生吃了甜頭，信心萬丈，能調動的錢幾乎都投入，打算賺夠一筆金盆洗手。

本來黃金確實令全世界都轟轟烈烈地看漲，人人期待吃「大茶飯（油水豐富之意）」。可是有一段長時間黃金「牛皮」了。何謂「牛皮」？即是價格上升和下降的幅度不大，像牛皮一般堅韌。牛皮期間散戶少了交易，經紀沒傭金賺金行老闆沒差價贏。於是老闆將客戶的資金調去作其他炒作，沒有真正入黃金貨作儲備。誰會想到，金鋪的老闆跟客戶開了這種跳樓的玩笑。恰恰此時外圍黃金突然猛漲，金鋪只好被迫補倉，導致資金周轉不靈，最終宣布關門大吉。金鋪的倒閉又牽動銀行、財務公司、經紀交易行，不少公司相繼執笠（倒閉）。

可憐的江老先生手上看漲的紙黃金一直未放，今次不僅沒賺到該賺的，而且輸掉了大半積蓄。無獨有偶，英姐也捶胸頓足聲聲呼喊「該煨（指又做錯事之意）囉！」原來馬姐的老本皆買了紙黃金。受害的市民多了去，但女兒的勸慰並不能令父親寬心，江老先生舊病漸漸沉重，英姐亦完全沒了神彩，丟三忘四，一下子老了十歲。兩主僕身心受重創，同病相憐矣。

不久江老先生舊病復發性命垂危，老妻遠在鄉下無法前來晤最後一面。慶幸幾年來有千金在身邊伺候湯藥，還有一對孫兒膝下承歡，江老先生去得甚為安樂。老主人走了，「馬姐」英姐神情枯萎，時時哀哀地哭泣無法自制，索性辭去工作回新界姑婆屋養老。送走了父親的江素娟節哀自強，重新計畫自己的生活。首先將小樓略作修葺，母子仨住到樓上；而後將樓下租給一位醫生作診所。醫生乃上等人，有現金收入不會賴租，租金可以維持一家人的生活。最要緊供兒子李振鐸讀最好的學校，將來才能出人頭地。雖然祖父輸了錢，終是給予子孫最好的生活，看看普通香港百姓的日子，尤其是湧入的難民，他們算是比上不足比下有餘。江素娟感恩而篤信基督，引導兒女受洗皈依主，養育一對兒女，傳播福音，過她下半生無驚無險的主婦人生。

六十年代又興起一波新難民高潮，偷渡者只要成功進入市區，政府就會收留他們。江素娟去市場買菜，聽賣雞鴨的老闆娘說，大陸鬧飢荒餓死了好多人，人人相爭偷渡來香港。隔壁師奶（家庭主婦）更誇張，說是廣州廣九鐵路站開放三日，大陸人不用通行證可以到香港來。正值人們有些將信將疑，立刻有人站出來證明乃親眼目睹，難民都是些農民，他們將孩子放在籮筐內，夫婦輪流挑著過火車路軌扒火車進城。可惜自己家鄉太遠，有機會也趕不上。再說父親走後不久母親也追隨而去，娘家已經沒有至親。至於丈夫家，公私合營後剩下多少？家翁、家姑看不開都相繼去了。當年自己來港前曾勸公爹抽調些資金出來，老人家優柔寡斷，大伯又從中搞鬼，否則也不至於偌大家業都沒了。

一九四九年江玉璋作為難民來到香港。

一九四五年日軍撤走時香港只有六十萬人，光復之前返鄉避難的迅速回歸，恢復至一百六十萬，五十年代初劇增至將近二百一十萬。這多出的五十萬難民來自國共內戰。難民不分等級，有大老闆連同他的工人全廠搬過來的；有國民黨高官、知識分子、藝術家，他們不願去臺灣。

其中潛伏著多少藏龍臥虎？蔣震、錢穆、余英時均在此。但更多的是普通百姓和國軍傷兵。

江玉璋屬於後者。他和一大批國軍難民被送到「吊頸嶺」，老香港都熟悉「吊頸嶺」的故事。在九龍東一片荒涼的山坡上原來有一家麵粉廠，廠主破產後在此處上吊，廠房和小碼頭遂變成廢墟，故稱「吊頸嶺」。香港人極富幽默感，許多寓意不好的地方，他們可以改成很好聽的名字。比如「老虎岩」之「洛富」；「陰澳」之「欣澳」；「吊頸嶺」之「調景嶺」。

一九五〇年將近兩萬名國軍殘兵敗將和普通難民被送到調景嶺。在一片沒有水電供應的荒坡上，港府搭起上千個油紙棚，組織醫療服務、文娛活動、糾察治安，每天從海面船運送去食物，難民排隊每天兩次領取定量供應。後來許多難民就地搭木屋建瓦房安居，政府配合他們輸送水電交通，成為一個掛著民國國旗的居民區。

兩萬名從鐵幕下逃生的流亡者令調景嶺急速膨脹起來。兩道小溪將這裡的山坡劃分為界，形成五個管理區，紮起大葵棚供難民居住。然而帶家眷者感到諸多不便。於是人們發揮創意，搬來老炮臺的碎磚爛泥，收集薄板枯枝，依傍著殘垣斷牆，用鋅皮瀝青紙搭起磚房、窯洞或矮棚。且兩座山峰中間硬是擠出一條小街，成為一個市集，街頭巷尾青天白日滿地紅國旗迎風招展。信義會、循道會、路德會、天主堂紛紛在這裡發賑濟，迅速建立起國語學校和禮拜堂。

調景嶺和其他香港難民區孕育了多少叱吒風雲的人物？白先勇、席幕蓉、林百里、馬英九……

江玉璋只是一個小人物，自小是個孤兒，生長於輾轉流離的年代，但他是一個有血有肉的人，也曾為理想激勵，為國家感動，奮不顧身且在烽火中倖存。上了船登上異鄉的碼頭，只要不再飄零，他將在此處終其一生。

然而當年舅舅在平和小溪喪生的血腥場面永遠給他留下陰影。閩南俗話道：「有埔頭就有鷓鴣，有人的地方就有江湖。」三十出頭的年輕人既羞於領取救濟援助，更不想捲入派系黨爭，自己並非行伍出身，與此處的團體又無鄉誼，決定迅即離開調景嶺到港島謀生。

語言的障礙橫在那裡，那又有何了不起，沒有高深的知識從事文化工作，擺個攤子做小販餬口總可以吧。江玉璋做起了賣菜小販，每天天未亮上菜行選購蔬菜水果，自己肩挑到市場叫賣。後來積下錢開了個大檔，做熟了只打一個電話人家就送貨來。有了固定的生活和工作地點，方有機會見到失散的朋友和親人。

江玉璋決心在春秧街立足，這一帶居住大量新移民，充耳上海話和閩南語，聽著鄉音感覺親切。他將攢下的錢先租賃一個水果菜檔，學習同行半「走鬼」。街頭巷尾有人負責「通水」，城管人員到來之前檔主們收起一地貨物，裝著做規規矩矩的模範生意；城管一走便將有限的地盤擴展出去。買菜的家庭主婦在這條街摩肩擦踵，轉個身都不容易。

不久江玉璋付款與對街唐樓業主立下契約，在天臺上僭建了座「空中樓」，下層做生活間上層有三個小房間。生活終於安定下來。更為幸運的是，小夥子在菜行認識了一位游泳偷渡過來的廣東姑娘，這位黑黑瘦瘦貌不驚人的女孩，輕易地幫助他過了語言關。

一九四九年國民黨被解放軍節節擊敗退據臺灣島。失去山河一敗塗地令蔣介石痛心疾首草木皆兵，將內戰的慘敗歸咎於「共諜」滲透，初抵寶島便實施了長達三十八年的戒嚴令。戒嚴令之下的人民無結社、集會、請願、組黨等自由。當局採用的「連坐保證制度」是變相的政治審查制度，針對公務員及各公私機構。當然共產黨是一早滲透了的，國民黨的「肅共」只是連累諸多無辜，製造更多冤案。老百姓連說什麼話、唱什麼歌、看什麼書，一不小心就撞板，人人自危。作家柏楊、李敖、陳映真，都曾被捕入獄，思想略一出軌便成了政治犯。

李國梁身不由己地踏上臺灣島，面對一個時刻端著槍對付百姓的政府，小公務員只能謹言慎行步步為營。如果他不是盡忠職守，如果他陪太太去香港，如果？人生沒有如果。他只能通過某些渠道偷偷打探妻兒的行蹤，知道他們平安方能放心。即使後來聯絡上，通信也只能談家常不敢提國事，因為不知道是否受監視。五十年代臺灣的工資很低，李國梁沒有能力對子女有所資助。香港是個透明的自由社會，太太怎會不明白，賢慧的妻子時時寬慰丈夫，孩子學會寫信便沒有停止與父親的交流。

臺灣作家龍應台曾經這樣回憶戒嚴年代：「是小學五年級，一九六二年。大家都很喜歡的年輕的數學老師正在講課。教室外突然人聲雜沓，匆忙而緊張。穿著黃色卡其衣服的一堆人，手里有槍，衝了上來。數學老師早已竄出教室，奔向走廊盡頭。孩子們在驚慌中四散。我們趴在四樓的欄杆往下看……布著黃沙的操場上，數學老師的屍體呈大字形打開，臉往上，剛好和我們對望。那黃沙，看起來那麼淡漠，荒涼。那是我第一次聽見『匪諜』這個詞。」

一九六五年七月一個不識字的馬祖漁民因為天氣清朗，說：「今天天氣很好，風向、潮流也不錯，開到大陸很近。」船主聽見馬上報告，此人即成「叛亂犯」，被判刑五年。

更為荒謬的是，一位中學英語老師因思想「左傾」而被監禁十七年。罪證之一是此人持有一本《湯姆歷險記》，作者為馬克・吐溫。馬克・吐溫與馬克思莫非是同一個人吧？

音樂也被政治審查。「我的熱情，啊，好像一把火……」，這首《熱情的沙漠》被禁的理由，是因為當局認為歌中的「啊」太淫穢，容易讓人產生性幻想。鄧麗君的《何日君再來》被禁有幾種說法，其中最可笑的是被引申為期待八路軍來。有一首民歌《捉泥鰍》，原本歌詞是「小毛的哥哥，帶他去捉泥鰍」，由於「小毛」被聯想到毛澤東，硬生生地被改成「小牛」。

與紅色政權的極左思潮有些異曲同工。

李國梁並非共產黨所指的「軍統特務」，一介小辦事員矣。值得燒高香的是，沒有留在大陸被槍斃。既然到了寶島，只能老老實實地領一份俸祿蹉跎歲月。一直到一九八七年七月十五日戒嚴令解除，李國梁方能到香港與妻兒團聚。

六十年代大陸的飢荒是全世界都知道的，餓死幾千萬人怎麼遮掩？江素娟對國內的好友十分牽掛，對李治的遭遇略有所聞尤感內疚。如果，又是如果。如果當年的李國梁在香港也會呆不下去，也可能回國參加大建設，那麼遭害的便是李國梁而非李治。李治已經家破人亡，他的家人一定需要幫助。怎麼辦？怎麼辦？

有日江玉璋去西營盤聯菜行結帳，正巧江素娟在街上東張西望看廣告，江玉璋在電車上一瞥馬上按鐘下車，電車沒停穩就跳下折回頭往後跑。其實李國樑早對他說過岳父住西環，本是指望他送岳母出來的。然而人海茫茫，偌大的西環找一個人又談何容易！為了生活做牛做馬早出晚歸，鄉下出來的小子不懂得登廣告，遲至十二年後才能重遇！此一聚首真乃仿若隔世，又是怎樣地令人哀傷！

兩兄妹幾乎抱頭痛哭。不必擔心路人會見笑，香港人既不會打聽別人的隱私，也不去對別人講自己的故事，因為每一個香港人都有自己的故事。兩人手拖手找到一家茶餐廳坐下，互相端詳哭了又笑，笑了又哭。當年的小伙子進入中年，說化骨龍（指孩子）都有幾條了。當年的少婦也近不惑之年，經歷憂患早生華髮。江玉璋說，妹妹你放心，等孩子長大有多餘的錢，陪你去臺灣看妹夫。現在最要緊的是大陸的親人挨餓，許多人都寄食品回去，咱不如作伴走一趟廣州，帶些東西去郵局寄。江素娟說，妹子孤陋寡聞，正不懂該怎麼做，聽你的。兩個孩子都長大了，振鐸在香港大學讀醫科，遙遙小學畢業沒升學，她堅持出來做事幫助供哥哥讀大學。我們對不起李治大哥和曉璇妹子呀！說完又哭了。

好，事情宜早不宜遲，約定明早去中國旅行社申請回鄉證，再到人民入境處辦理回港證，兩個證件一拿到就走。這些事江素娟自然又是不懂，跟在江玉璋身後跑，累了一整天。證件要過些天才去取，江素娟說大哥你手停口停，東西讓我來準備。江玉璋同意，說妹妹準備三個大包裹，到時叫我老婆丁香一起去，她是從廣州偷渡出來的，不久前才去寄東西給娘家兄弟。海關那些同志聽咱們的鄉音不耐煩，她懂得應付。

萬事俱備。

江玉璋住「小上海」北角，兩公婆起個大早，搭的士到西環來拖行李。不曉江素娟裝的啥，包裹重的要死，幸虧都有小車綁實。三個人搭渡輪到尖沙咀，走到有鐘樓標誌的九廣鐵路火車總站。大堂內長長的人龍，旅客都遵守秩序排隊買票上車。江玉璋找到三個位置，將行李放到架上，坐無虛席。才坐定，賣小食和荷蘭水（汽水）的就上來推銷，這才發覺尚未吃早餐太餓了，急忙掏錢醫肚子。江玉璋還買了份中文報紙。聊天看風景，倒也寫意。

兩個女人聊了自己的狀況，江玉璋的女人叫丁香，人如其名黑黑實實，見聞多話也多，講到鄉下的飢荒，江素娟很激動，差點又要流淚。丁香說，以前九廣有直通車，解放後停辦，分為「英段」和「華段」，所以我們過了「英段」要在羅湖下車過境，走到「華段」深圳海關等待檢查。江玉璋插嘴道，九廣鐵路半個多世紀前分別由英政府和清政府負責興建，「華段」的總工程師是鐵路專家詹天佑。

丁香又接著說道：通常深圳海關先檢查證件，沒有證件即被扣留；再檢查行李，所有行李都要拿下去嚴格檢查，違禁品或是嫌你帶得太多要拿出去寄倉，回程取回；有時人也會被抽查，選中的要進房子用儀器測。這時候她特地悄聲附耳：若給挑中了千萬別害怕，咱們沒有犯法。江素娟聽了好緊張，心跳得卜通卜通的像要跑出口來。丁香大概看到江素娟臉色蒼白，示意她拿出脂粉掃一掃，偷偷給個堅定的眼神表示不必擔心。

江素娟默默祈禱。

快到羅湖站要下車了。人人從架上拿下行李，魚貫列隊進入海關檢查站。丁香走在前面，江素娟緊跟，江玉璋殿後。來到小房門前被拆開，一人站在一個房門口。三人約定等下在出口附近等，不見不散。

丁香是顆幸運星，流利的粵語令之三言兩語就出來。江素娟壓抑著緊張的心情，誠惶誠恐地向關防同志遞上回鄉證，人家還未出聲就自動自覺打開行李，盡是些罐裝的食品：雀巢奶粉、好立克、老人牌桂格麥片、午餐肉、沙丁魚；袋裝的是各式花樣的通心粉、太古砂糖和一大袋麵粉；還有一大罐國貨公司原裝豬油。另外有幾塊花布、人字拖鞋等亂七八糟的東西。海關男同志甚是友好，問第一次回來嗎？江素娟羞澀地點點頭。看什麼人？母親。丁香教撒的謊，江素娟臉紅得像關公。好吧，以後別帶這麼多。江素娟立馬站起來鞠個躬，心裡感謝主，一顆心落回原位。

在出口通道見到丁香，兩人憂心地等了半個鐘，江素娟默默祈禱求神眷顧，睜開眼便瞧見江玉璋出來。他說被叫到小房間脫去大衣，拿個插電棒子從頭到腳刷過，行李倒是沒打開，揮揮手表示可以走。江玉璋悄聲問江素娟，我倒是想知道妹妹都帶了些啥，袋子這麼重？丁香笑了，盡是罐頭食物唄，食為先。三人彷彿得到特赦令，眉開眼笑地上車繼續「華段」路程。一路談談說說，終於來到歷史悠久的廣九車站。

跟著人流出站，車站範圍外人山人海，許多人才出閘口便被人擁抱住，又叫又喊。他們三個沒有人來接，卻是被這氣氛所感染，心情轉為沉重。丁香是顆開心果，說咱別不開心，以後叫他們來廣州不就可以會面嗎？趁人家未下班趕快去辦正經事，市區郵局人少做事快。她揮手叫了兩部三輪車，兩個女人坐一輛，江玉璋連行李一輛，對車夫說去哪裡，一會兒就到了。給車夫的是港幣，他們都歡天喜地的，馬上又回頭兜生意去了。

丁香向郵局要了三分表格，說一定要分開寄給三個人名，國內規定不准一人收幾件海外包裹。江素娟馬上打開身上的挎包，拿出針線、圓珠筆、箱頭筆和三塊白布，叫玉璋寫地址。這些細節是江素娟打聽街坊師奶學來的。然而怎樣寫地址？江玉璋為難了。寄去哪裡呢？鄉人都說妹夫家破人亡，而今母親和妹妹身在何處？

「有冇搞錯？連家人在哪都不知，寄的什麼包裡呀？」丁香怪罪起丈夫來了。

還是素娟淡定：「不如這樣，把東西寄去公家地方，人家便不會私吞了。」

「寄給公家？共產主義？笑話！開什麼玩笑！」江玉璋發怒了。

江素娟耐心解釋，咱把東西寄去僑務局，讓局長轉交某人，海外物資誰敢貪汙？江玉璋說，此計甚妙！好妹子何不早說？快快快！於是江素娟在三張表格上填寫：福建省濱城僑務局蔣三省先生收、蔣三省轉江曉璇收、蔣三省轉洪麗華收。寄件人江素娟及地址。江玉璋用箱頭筆在白布上依樣畫葫蘆。丁香負責將寫了地址的布縫到袋子上。江素娟拿筆草草修了一封書信，塞進蔣三省那袋子。這時江玉璋突然脫下大衣，塞進江曉璇那個包裹。江素娟看到眼睛即刻紅了，隨即脫卜身上一件毛衣和大圍巾，同樣放在江曉璇那包，隨手連上袋口。丁香見他們兩人的舉動強忍住不掉淚。順利完成任務後三人放下重擔，找旅館休息去。

此後他們還將一而再，再而三地途經「英段」和「華段」，出深圳、廣州閘口，做親友們的「運輸大隊長」。

第十四章 為食

門房對蔣三省說，局長有郵件通知書，隨手遞給他幾張單子。誰會給我寄什麼東西呢？僑務局是民國延續下來的部門，局裡掌權的是黨支部書記和他的下屬，局長的職位是掛名的，利用海外的人事關係罷了，美其名曰統戰。老頭心覺奇了怪了，戴上老花鏡再仔細看清楚。只見通知單上寫著：海外郵件，中山公園南路郵電所。郵電所離虎園路不遠，反正自己的工作可有可無，人們僅在一年一度的統戰部會議才會想起他。

郵電所門可羅雀。

蔣三省遞上那疊單子。

「證件。」櫃檯後那人說。

「什麼證件？」蔣三省好奇。

「我說同志，領取包裡要有證明文件，政府規定的。」

「我真的是沒有什麼證明文件呀，政府又沒給我發局長牌照。」蔣三省有些光火。

「工會證、戶口簿。家家持有的戶口簿就是證明文件。」那人也上火。

「可不可以告訴我什麼人寄什麼東西。」想到自己不曾加入工會，局長軟了下來。

「沒有證明文件無可奉告。」那人自做他的事去，頭也不抬。

老頭子惟有垂頭喪氣回家去，翻箱倒篋找戶口簿。打開深藏抽屜內唯一的身分證明書，薄薄的簿子僅只兩頁有字。李少英，亡故，蓋上注銷的印章；蔣玲玲，遷徙，同樣蓋上注銷的印章。奇怪，沒有自己的戶籍登記。

「你找啥？」蔣少雄見老哥一臉不悅，忍不住問。自從黃曉璇出院他一直住下來照顧，學校放寒假也沒有回鄉。

老哥道了始末，蔣少雄聽了雀躍不已。

「老哥，你我身居公家事業單位，戶口在工作崗位啊，糧油副食品不是總務替你管理著嗎？一般散戶登記的是自由職業人士，公職人員的家屬，家庭婦女、子女以及年老父母，一戶一冊。去找辦公室開張證明不就得了！說不定有好料呢。有福同享，咱哥倆一起去。」

聽兄弟這一說，老哥方醒悟自己是個大傻瓜。

「路雖不遠也不必這麼跑來跑去，借一部車子，我載你。」小弟慫恿老哥。

老頭子不懂踩自行車，公家的破單車一向是門房專用。哥倆坐上去一溜煙便到了郵電所。剛才那人接過蓋有「中國福建省濱城僑務局」紅色大圓形圖章的證明條，從三省手中取過三張單，抽出其中一張留下，拿出一份表格叫他簽名，一再核對無誤，才到裡面拖出一個大包裹，叫兩個人自己拎。

「那麼另外兩份呢？」蔣三省揮揮剩下的單子。

「你有他們的證件嗎？」一臉的不情願，不知是鄙夷來人無知還是妒嫉心發作。

「什麼態度！叫你所長出來！」這下子是蔣少雄不耐煩了，真是人善被人欺。「你這種工作態度分明是刁難群眾，什麼叫為人民服務啊！」

裡面有人聽見吵鬧，跑出來調停。蔣少雄更是理直氣壯，叫嚷得更大聲，差點罵粗口。這人諒是小頭目，一再道歉。轉身問清楚那同事，忙對哥倆說，三張單皆是香港江素娟寄的，寫明僑務局蔣三省本人及轉江曉璇、洪麗華兩位。你們必須請她們兩人親自前來，代領者需持有證明文件方可，三個包裡重量差不多。蔣三省明白了，就說你這位同志態度就對了，人家華僑千里迢迢寄物資來支援國內同胞，都是些救急的物品，怎能不解釋清楚令我們為難呢。

那人好說歹說兩人才肯罷休。臨走蔣少雄對那頭兒說，蔣三省的證明暫寄你們這兒，回頭來了還得找出來用。

一大包東西置於後座，人是坐不上去了，不過兩哥兒也夠心花怒放的，急於回去向黃曉璇報喜。黃曉璇的傷口幸虧沒有發炎，只是營養不良有氣無力，聽到天跌下來大餡餅，立即起身擁抱兩兄弟，喜極而泣。蔣少雄剪開袋口，見裡面有封信，三個人顧不上餡餅，蔣三省急忙戴上眼鏡讀起來。信是江素娟寫的，告知偶遇玉璋大哥之事，說分別十多年，無時無日不想念國內的親友，希望你們能收到包裹看到這封信，盡快依地址回覆。最後讀到詢問李治的消息，江玉璋掛念母親，一起問候李少英，薄薄的信紙已經濕透，字也化了。

蔣三省抖顫著手從包裹中取出好立克，打開沖了杯給黃曉璇，說其他的待有空才整理，為今之計先去洪麗華家，告訴她拿戶口簿領取包裹。黃曉璇你的戶口簿呢？黃曉璇說，有誰會帶著戶口簿到處跑？我也算是公家人哪，戶籍在農場。蔣少雄說咱兵分兩路各奔一處，我去農場。黃曉璇又說，你找農場管理生活的袁主任，再不然直接找方場長，將醫生開的病假條交給他們延假，順便開我的身分證明。還有，幫我找些衣服方便換洗，這一向用的衣物都是少英姐的。我忘了抽屜有沒有上鎖，開不了撬吧，也許有什麼東西可以取回來。

蔣少雄踩著破車就要去。老哥說且慢，我好像覺得有好東西吃。抄一抄布袋，果然有一大盒藍罐曲奇餅乾，蔣少雄見了三呼萬歲。打開盒子，各自搶了一塊塞入口中慢慢品嚐。真是人間佳餚啊！小哥趕緊去拿茶葉，老哥開煤爐沖滾水，三人美美地享受一番。突然間蔣少雄說，停！停！各位口下留情，即刻封存，別把它當蕃薯乾啊！於是兩人抹抹嘴各自出門。破單車嘎嘎地響，朝郊外的聲音。老頭子慢騰騰的步伐，朝市中心的方向。

店前離市區不遠，不過破單車老掉鏈子，簡直把心急的人氣死。春節已過農忙應該開始了，田裡卻看不到耕作的人。蔣少雄進入無人問津的偌大區域，好不容易才見到一個孩子，問小朋友辦公室在哪。孩子指了離宿舍不遠處一棵大榕樹。一列簡易辦公室，牆壁上掛著國旗貼著毛主席標準相，每一間房子都寂靜無聲。正踟躕，最後一間房門打開，走出一位戴鴨舌帽穿灰色幹部裝的老頭。蔣少雄不失時機上前，免這惟一的工作人員走了白跑一趟。

我是黃曉璇的表弟，來者表明身分。

客人被禮貌地讓進屋，主人說我姓袁，是管理員工生活的主任。蔣少雄立即站起握手，道表姐就是叫我找袁主任。重新坐下，蔣少雄那當校長的嘴，把江曉璇如何死裡逃生不無誇張地複述，若非那日恰巧自己尋上門表姐命在旦夕。袁主任聽了心驚不已，員工幾乎病死自己責任重大。這位本地農民因為政府圈地辦農場，得了一官半職當起幹部，看是個老實莊稼人。蔣少雄又說，女人做了場大手術流了許多血，若沒得補補身體就垮了。而今困難時期，大家都缺吃少穿，只好想辦法送她去鄉下調養，可是沒有路條寸步難行。今天就是來替表姐找領導開證明，同時領工資及補上醫生開的病假紙。

袁主任說算你來的及時，這農場因效益不高可能要解散。許多工人不辭而別，超過一定時間當自動辭職，現在我馬上替黃曉璇續假。於是老頭拿出表格讓少雄蓋印，黃曉璇給了他領工資的私人圖章。蔣少雄小心翼翼地問，農場解散員工不就失業了嗎？老袁說，哪裡來回哪裡去，杏林那麼大工業區，安排個把工人沒啥問題，倒是我們原先農村戶口的不曉何去何從呢。原來領導也擔心前程不保！好心的老袁又說，說不定黃曉璇不必再來，調動公文可以寄給她。蔣少雄立即醒悟，說表姐去鄉下難以通知，不如留下一個濱城的聯絡地址，屆時麻煩袁主任寄過去。當即寫下蔣三省的工作崗位和虎園路地址。

姓袁的是個熱心人，蔣少雄得寸進尺，要求幫助整理表姐的物件，原因是鄉下需要被褥蚊帳，反正農場可能解散。老袁果然動手相助，將黃曉璇的東西全部捆綁妥善，還招司機老梁跑一趟，說這位同志的破單車肯定負擔不了。老梁很久未見黃曉璇正心下疑惑，風傳農場就要解散，再不來會給當自動離職，失業了又將如何生活。這下子才知道女人發生了大事，幸虧有朋友相助，否則命懸一絲矣。車子停在虎園路口，幫忙拿下行李，蔣少雄熱情地招呼司機進去喝茶，黃曉璇聞訊坐起來，老梁見到面無血色的女人，心裡難過得說不出話，拍拍黃曉璇的肩膀，道聲保重，茶也不喝便告辭。蔣少雄求之不得，因為郵局就快下班。人家前腳一走他後腳迅即踩上踏板一陣風跑了。

施世凡家庭變化也很大，以前洪麗華不需要上班還僱用兩個老媽子，丈夫不願朝十晚八泡在店鋪，情願進廠管理技術生產。公私合營後國家給老闆們重新安排了工作，施世凡仍留在工廠當技術員，洪麗華在店鋪做財會職員，資本家除了拿工資還可以分紅利。蔣三省記不起「三戶紙廠」在哪裡，惟有氣喘如牛地撲到中華戲院對面他們的家，吃的閉門羹。中山路說長不長，說短不短，「三戶紙莊」店鋪近海口。從濱城東邊的虎園路跑到西邊的海旁，老頭子氣都喘不過來。

看到幾乎休克的老哥，洪麗華以為發生了什麼大事，這些年朋友們老死不相往來，偶一見面通常沒啥好消息。李治、李少英、麗娘相繼離世，她真怕再聽什麼不好的訊息。洪麗華不願店裡的夥計知道自家的事，請人代替告了假早退，拖著老漢到對面的「黃則和」甜點店。炸棗、油條、糕點一早賣光，來杯豆漿吧。待蔣三省喝下熱豆漿緩過氣來，一五一十道出來由，洪麗華緊繃的心才放下。略顯笨重的女人叫了輛三輪車，扶老頭子坐後面，自己小心登上前座，請車夫加快。雷厲風行來到家門口，叫老哥仍坐請車夫稍等，說我進去拿點東西就出來。

洪麗華顫慄地打開大門，上樓開房門，再開上鎖的抽屜，拿出戶口簿放入手袋。重複倒旋抽屜鎖，房門彈簧自動上扣，再反方向鎖了大門。上了車請車夫繼續，終於來到公園南路郵局。女人叫車夫別走，一會兒加工錢給你。郵局見是老熟人蔣三省，已經得知乃僑務局局長，順利取出包裹。本來可以前座行李後座人，讓老哥自行回去，洪麗華細想欠妥，又截了輛車給老哥坐，說老哥先送我回去再走不遲。重返自家巷口，給後來那位車夫三毛錢，給先前那位一元五角，車夫高興得一臉春風。還好留下老頭子，否則一個人怎搬動那袋重物，公然放在門口，等於告訴飢民自家有吃的。兩人抬著包裹進屋，坐在沙發上開懷大笑。

蔣三省告訴她袋裡面有好吃的。洪麗華眼睛放光，急忙打開袋子。天啊！咖啡、砂糖、奶粉、餅乾、阿華田！多少年沒享用的美食豁然擺在眼前，幾乎忘了啥滋味兒！慌忙去櫥櫃找出咖啡壺，這些東西早成了前朝遺世展覽品，孩子們都不曉做啥用的。兩個人美美地重溫舊夢，一杯又一杯。品嚐完一壺香濃咖啡，夢還是要醒，終於回到現實來。蔣三省從口袋摸出那封信，默默無語，輪到洪麗華哽咽。老哥順便提了黃曉璇做過大手術之事，現住在自己那兒，恰值堂弟少雄放寒假，一直由他照顧，不過馬上就要開學了。洪麗華將濕了又濕的信折好交在老哥手上，送他到門口叫了輛三輪，給了五毛車錢，吩咐車夫送老人去虎園路。怕人瞧見忍著淚，進屋忍不住撲上沙發放聲哭了一場，而後收拾心情，準備給世凡和孩子做一餐美美的飯菜。

再說蔣少雄到老哥家扔下黃曉璇那些亂七八糟的行李，說被子明天有太陽要曬曬，我先去領包裹吧，郵局就下班了。一陣風踏了車子過去公園南路，豈知遞上的證明條上寫的「黃曉璇」而非「江曉璇」，與包裹上的姓氏不對，這一下郵局那夥計咧歪了嘴，一點不掩飾幸災樂禍的壞心思。蔣少雄真想一拳打過那張臭臉去，不料那小頭目剛巧走出來，和氣地說，同志別急，東西不會丟，我們暫代保管罷了。你去黃曉璇原住址找派出所，只要檔案中有登記過別名「江曉璇」，讓他們出個證明吧，我們須照規章辦事。於是蔣少雄惟有無精打彩折回家。

原本滿懷收穫的期望，黃曉璇不料功虧一簣，受此刺激傷口一疼幾乎暈過去。還是蔣三省老到，「兵來將擋，水來土掩」，咱先吃飽飯再想想該怎麼辦，煮熟的鴨子飛不了。蔣少雄想起病人餓了，趕緊煮了碗麥片給黃曉璇當點心。蔣三省則張羅晚飯，開了罐午餐肉，煎得香噴噴的逗人流口水，油鍋子利用來煮芥菜稀飯。蔣三省邊煮邊談了找洪麗華的過程，說剛剛享受了一餐無以倫比的下午茶。蔣少雄說你老哥太不仗義，小弟一早忙到現在，要不是司機老梁給了條蕃薯，還沒東西下肚呢。默默吃過晚飯，因心情不佳三人皆無語。蔣少雄說，不如我明天再跑一趟農場，看袁主任能否幫上忙，否則不認識派出所的人難辦事。兩個男人各自睡去一夜無話，黃曉璇難以入眠整夜祈禱，求主憐憫主光照耀。

第二天天剛亮蔣少雄就起床，先給黃曉璇沖了杯好立克，然後煮了香濃的咖啡，煎了甜麵餅，享受了自己那份，其餘的替老哥和曉璇留著，匆匆出門去。破車子在寒風中飛馳，雙手凍成冰棍，決不能讓越過千山萬水的餡餅泡湯。車子來到路口遇上老梁的貨車，老梁十分疑惑，問怎麼又來啊，蔣少雄說明了情由。老梁推著蔣少雄說，快快快！老袁就要離開農場另有高就呢，求其他人就不容易了。於是二人進了辦公室。蔣少雄尚未開口老梁搶著說，袁主任，昨天忘了告訴您，黃曉璇別名江曉璇，她的生父姓江養父姓黃，麻煩您在證明條上寫清楚，否則回鄉下養病，人家江村會笑話她不姓江呀！您查查戶口登記就知道了。

袁主任打開戶口冊翻到「黃曉璇」那一頁，果然別名一欄填寫著「江曉璇」，蔣少雄遞上昨天開的舊證明條。不曉得是老袁心地好，還是急於要離開，沒有異議馬上開了張新的證明，蔣少雄心上的石頭方才落地。真是出門遇貴人，若非老梁作證跟誰也說不清，況且有人從海外寄包裹來還真怕人知道呢。上帝保佑！

老梁好人做到底，送佛送到西，親自開車載蔣少雄抵公園南路郵局，取了包裹再送到虎園路，連杯茶也不喝，深沉地點點頭滿意地告辭。蔣少雄這才打開江曉璇的包裹，發覺比前頭那袋多了點東西，諒是他們臨走脫下大衣、毛衣和圍巾吧。少雄隨手將東西丟給曉璇，黃曉璇接了哭起來，接手將大衣送給蔣少雄，懇請他務必收下，說小哥風裡來雨裡去的正適用。

晚飯談起農場虧損累累，解散應該勢在必行。蔣少雄說，老梁吩咐曉璇你好好調養身體，可以不當農婦是件值得高興的事，只是大家又將各散東西了。人生路很長，不管將會遇到什麼事，一定要有強健的體魄。黃曉璇沒有出聲，她總會聽出另一層意思。蔣少雄說他該回校了，曉璇你得照顧好自己，所有阿華田、好立克、麥片都是屬於你的；老哥你們早上可以煎麵粉甜餅，或者煮通心粉，一定很美味；其他就共產主義吧，等小弟回來一起享用，尤其是咖啡，我煮的咖啡一流。

有天晚間施世凡夫婦來訪，兩人是坐三輪車來的，洪麗華手中提著個保溫壺，壺內是高麗參炖雞。兩姐妹甫見面便抱頭痛哭。施世凡輕聲提醒說湯涼了。洪麗華抹著淚叫老哥拿湯匙和碗來，舀出一小碗遞給黃曉璇，兩姐妹在房內一會兒哭一會笑。一個如風吹殘柳愁雲慘霧命途坎坷，一個是壓抑悲喜安份隨時藏愚守拙。黃曉璇留意到洪麗華孕婦的身型。蔣三省煮了壺咖啡，拆了排巧克力，兩個男人在廳內享用。誰也說不上此時的自己是怎樣一種心情，回憶起十幾年前幾家人聚首，飯後圍坐品嘗咖啡，第二天太古碼頭送行，拍照留影依依惜別，好像已是前世的事情。今日天各一方，世事如夢哪！

道別時洪麗華悄悄塞一個小紙包給蔣三省，緊緊握手感謝他照顧曉璇妹妹。絮絮叨叨地，說既要上班又要做家務，還要監督兒子的功課，而今老來又有了身孕，不知是喜是悲，實在心力交瘁，你看我的頭髮都開始白了。不能時時來看曉璇妹妹，全靠老哥仗義鼎力，來日方長活著就好。

彼此互道珍重。

蔣少雄不知從哪裡弄了輛自行車，偶爾夜間回來第二天一早返校。他總會搞來一點吃的。有時弄來兩隻鴿子，洪麗華的高麗撞上了蔣少雄的和平，讓黃曉璇撿回一條小命。為了炖補品，不辭勞苦來回奔往，夜間抱著書守爐火，瞧君側影分明是小哥的模樣。黃曉璇看他辛苦心疼，只能還以流不完的眼淚，報答天上的冬舟哥和地上的少雄弟。

經過長達數月的調理，黃曉璇終於勉強恢復過來。她接到市總工會的調任通知書，必須到一家省級建築公司報到。建築工人居無定所，不是去三線就是在濱城周邊地區蓋工廠。杏林區的糖廠、化學纖維廠、紡織廠、玻璃廠、五金廠，一家家方興未艾，建了工廠建住宅、醫院、影院、體育館、社區辦事處，光是學校就有大中小學、職業學校、幼兒園、托兒所等等，建了一處地方挪一處。建出來的高樓大廈是給別人住的，建築工人住竹棚、草房或簡易工房，颳颱風下暴雨的日子，穿梭泥濘的工地，風裡來雨裡去，可以想見有多艱難。為了生活沒有選擇，這是她的命。

第十五章　樂趣

洪麗華年近四十歲懷第二胎，彷徨而不安。這個雍容大度的女人早年期望多子多福，為施家增添人口，可是相隔足足十五年，不該來的時候才來。自小到大，不缺丫頭老媽子，不憂柴米油鹽，從大小姐到少奶奶富貴了半輩子，而今卻是裡裡外外一把手，趕上班下班、趕買菜做飯，不致累死全憑底子好，月亮似的圓臉盤沒有一絲皺紋，如花的笑容永遠予人親切的感覺。

這年頭不管男女冬天一式灰溜溜的解放裝，寬大的褲子、反領的襯衫，千篇一律的型款。男女裝的差別僅只在於領子和口袋：男人的扣子直抵喉結，女人則敞開翻領；男人有三四個有蓋的口袋，女人冬裝下面有兩個沒蓋的口袋。南方夏天炎熱，女人也穿裙子，給濱城帶來一點色彩。洪麗華的旗袍早已束之高閣隨波逐大流，但又別出心裁。幾十年的生活習慣令她總是與眾不同，她既不願意成為一個邋遢的主婦，也不想招搖過市惹人注目。

夏天濱城的女人穿花花綠綠的布拉吉，洪麗華的衣裙是淨色的。別人捨不得布，裙子又窄又短，她的裙子長而鬆身，騎上女式單車馳向海口，尤如一隻素色蜻蜓，輕輕點水，比起那些花蝴蝶素淨而俏麗。襯衫也是淨色的，雪白的，天藍的，粉色的，淡淡的色彩，不做反領開小圓領，領子和袖口都鑲上小花邊。春秋季在襯衫上罩一件手織的背心，或棉線或毛線依氣候而定，自是別一番風情。冬天上了班脫下沉悶的外衣，站在櫃檯前的女人穿件深色的高領緊身毛衣，搶去顧客的目光，等於替店鋪做免費廣告，生意特別好。就連現在大肚子，她也別具一格，剪幾尺最便宜的碎花布，借幼兒園小朋友的款，做兩件套頭雞罩衫寬寬鬆鬆，比那些抱著西瓜的孕婦利索多了。

依照政府的說法，已經克服了「困難時期」，也就是說飢荒漸漸消失，境況好轉。每天下班去買菜可以感受到，農貿市場蓬勃起來，副食品供應充足了，價錢也算合理。洪麗華的身子業已笨重，開始感到力有不逮。當她提著菜籃子氣喘兮兮趕回去時，看到蔣三省立在家門口，身邊還有一個不相識的女人。

自從上次收到大包裹之後，三家人都向江素娟和江玉璋表達了感激之情。蔣三省的信最冗長最客觀。老頭詳盡敘述了李治因為飢餓與患病死於農場，而黃曉璇已不是其法律上的妻子，農場並沒有通知她們母女，不知道葬于何處。講了麗娘死於水腫病，李少英死於肝硬化，前者營養不良後者缺醫少藥。還有黃曉璇因為族弟相救大難不死，做了手術缺乏營養補給，恰好得到你們的救援；洪麗華高齡懷孕，他們把所有奶粉都留給未出生的嬰兒。江素娟讀信淚如雨下，江玉璋讀罷號啕大哭，兄妹再次相擁不能自已。他們一次次地跑廣州，繼續不辭勞苦地把救援物資寄過來。

現在社會慢慢上了軌道，所有沒死的都得休養生息才能恢復元氣。黃曉璇去了郊區建築工地，畢竟身體仍虛弱，除非大假期很少進城。走的那天是蔣少雄陪著去的，幫助背鋪蓋托箱子，零零碎碎的東西一大堆，人們以為他是黃曉璇的丈夫。蔣少雄看了那些竹棚茅房皺眉頭，自作主張替黃曉璇向農民租下一間小屋，安置後又急急趕返桐城。當地教育局把他調到一所郊區中學，該區缺乏藝能師資，蔣少雄音樂體育都可以頂上去，此去恐怕難得有時間再來濱城。望著他的背影漸行漸遠，黃曉璇悵然若失。寂寞的蔣三省時時到施世凡家走動，孤苦伶仃的老頭子常被邀請留飯，洪麗華總說，多一雙筷子而已，一個人做飯多麻煩。

蔣三省帶來的女人本替一家華僑當傭工，華僑獲政府批準不日將舉家經香港去菲律賓。老華僑委託常來常往的蔣局長，替老傭人物色一家好主人。蔣三省想起施家正用得上此人，馬上拍胸口告訴對方，一定不負所託。這不，下班立即帶過來面見老朋友。老媽子很識相，洪麗華一打開門她立即拎起菜籃子，憑著感覺朝廚房走去，動手開煤爐、洗菜、淘米做晚飯。見主婦請蔣局長坐下，又送上一杯白開水，確是受過訓練不可多得的忠僕材料。蔣三省悄悄詢問洪麗華，可否給予傭人與舊主人同樣的工價，洪麗華一口答應。產期已經逼近，自己正愁沒個月嫂，踏破鐵鞋無覓處，得來全不費工夫。

今晚起洪麗華終于可以不必站在灶臺前汗流浹背。這麼多年來她不是僱不起工人，而是社會不允許，恐怕遭人非議。有了寶寶又不同，新來的成嫂對鄰人說，自己是洪家內地的親戚，女兒快生產了，老太太年紀太大不能來，派她來幫忙。鄰居誰想理別人的事？居委會本來就知道施世凡是資本家，老濱城人誰不曉「三戶紙莊」？

洪麗華告了假作產前休息，女傭人才住下幾天，孩子就急著出來看世界。成嫂一早看出女主人快生了，兩天前就打點好產婦和新生兒的衣物用品。幸虧天已經大亮，當即用電爐子將準備好的紅棗參茶煮了，捧上讓姑娘喝下去，然後要姑爺出去叫三輪車，自己攙著主婦邁出大門，依在路邊等。最近的醫院在鎮海路，兩部車子迅速朝舊省立醫院奔去。妻子下車時丈夫見有輛車子的坐墊濕了，紅著臉多掏出兩塊錢，拱手連聲道歉。車夫是個身高腿長的後生家，忙道不要緊，小意思。

挂了號成嫂連忙對護士說產婦羊水破了，以為可以馬上入產房。豈料護士連連擺手說，產房還沒有空床，先去隔壁預備房躺著，叫產婦用力試，真要生了才過來。預備房裡有幾張低低的鋼架床，成嫂鋪好草紙，褲子早濕漉漉地不能穿。洪麗華艱難地平躺上去，兩隻手抓住床頭鋼架，只覺胎兒向腹部推壓，一陣陣劇痛，忍著沒有呼叫。她這是第二胎，生過孩子的高齡產婦，不能叫年輕的醫務人員恥笑。接著陣痛像巨浪排山倒海般地撲來，一陣比一陣快速，一波比一波強勁，終於忍不住撕心裂肺的痛楚，大叫一聲昏死過去。產婦往日美麗的面容扭曲，眼球似要奪眶而出，血水汪汪地流淌。成嫂看女主人的臉色如紙一般白，猛搖她亦不出聲，跑出來大喊救命。施世凡大吃一驚，想衝進去卻被護士擋住。

兩個護士將產婦過床送到產房，醫生按了脈吩咐護士打了支針，大概是止痛強心劑吧。只見她戴上膠手套伸手指入陰道，兩邊摸了摸皺起眉頭，吩咐手下取出一副分成兩瓣活葉的產鉗，一葉慢慢伸入陰道，看似是胎兒頭顎的左邊，再將另一瓣伸入頭顎的右邊，手扶鉗柄輕輕向外牽出。一團紅紅的血球出來了，應該是胎兒的頭顱。醫生放下產鉗用一隻手托住嬰兒的頭，一隻手撥出一邊肩膀，再換手撥出另一邊肩膀，拖著臍帶的嬰兒全身都出來了。

醫生繼續她的工作。她用手按按產婦的腹部，擠出黏黏黃黃的胎盤，隨手扔進一隻血汙的鋼桶。估計剛才胎兒將母親的陰道撕裂了，醫生縫針修補好會陰，再打了一劑強心針。從頭到尾洪麗華一動不動，估計一直處於半昏迷狀態，呼吸倒是均勻的。工人推來活動床，將產婦從產床上過了立即送去病房。產床稍作整理立即又有人佔領了，醫生沒有休息又得奮戰。

血淋淋的嬰兒眼睛緊閉，一頭一臉的母液，助產士拿出剪刀，剪去肚臍下墜著打圈的臍帶，用手挖出嬰兒口鼻內的穢物，托在手中讓小兒頭朝下，大力拍拍他的背，初生兒哇一聲哭了出來。聲音宏亮激越，不曉得這小子是來還債還是來討債。助產士將之坐到磅稱上稱重量，護士大聲呼叫產婦的家人。施世凡正踱來踱去牽腸掛肚，聞聲匆匆入產房。白衣姑娘將嬰兒高高舉起說，爸爸來了，快看清楚你的小兒子，指著讓家人看其小雞雞。孩子渾身尚有血汙紅通通的，施世凡不敢碰他。老婆呢？這才發覺洪麗華已被送去病房，隨即轉往病房走過一張張病床，見老婆酣睡上前吻了吻，抹去她一額頭的汗漬。洪麗華一綹一綹的頭髮被汗水濕透，黏貼頰上。姑娘說，還秀恩愛呢，出去出去，讓產婦休息。

走出病房該去上班，老婆生孩子不等於自己生孩子，丈夫得回郊外工廠去。成嫂說恭喜姑爺添了位公子，母子平安，但姑娘難產流了許多血要好好調養。我知道該做什麼事，姑爺放心去上班吧。施世凡問她有錢買菜嗎？多買幾隻雞給生仔婆補身吧。一把年紀人奶就別喂了，給孩子喝牛奶，家裡應該有奶粉。是的，姑娘早已經把鑰匙什麼的都交代給我了。成嫂真是醒目，新社會不興稱小姐太太的，既已對人稱是洪麗華老家派來的，便自編了套稱謂，施世凡倒是佩服的緊。老實說，若非岳家的支持，從海外不時匯款來，自己兩夫妻那一點工資怎麼花？工廠經營不當，年底沒有花紅分，要養活一大班工人和幹部談何容易？可是這能說嗎？還好自己向來得過且過，只求打發日子養大孩子罷了。

「施先請上車吧，我載您回家去取自行車。」是剛才那位三輪車工人，似乎一直在醫院附近等著。他見施世凡猶豫不決，便又道：「施先不認識我，我卻認識您。有一回您在梧村下火車上了我的三輪，我入行不久少到郊區載客，同行教我說，從火車站拉一趟車進市區一、兩塊錢，好過在市區三毛兩毛的做大半天。先生上車說要到輪渡碼頭，我見穩穩當當就有兩塊錢的收入，心裡美的很。豈料去到美仁宮路口有個孕婦找不到車子，您立即跳下讓她上車。初時我以小人之心度君子之腹，心想您做好人我流一身臭汗，這條數又怎麼計？料不到先生竟然掏出兩元五角給我，說麻煩你載這位大肚婆上車的女人告訴我，您是『三戶紙莊』的施先。」

年輕人很是心直口快。

「慚愧！慚愧！」施世凡直冒冷汗。

施先舊日實乃一小老闆，公私合營後什麼也不是，此時此刻尚有人記住自己，不知好事壞事。這位少年彷彿自己肚裡的一條蛔蟲，卻之不恭。無可奈何上了車，坐墊上加了層油布。這一回年輕人死活不肯收車資。

大兒子上學去家中沒人，剛掏出鑰匙要開門，有個郵差走過來說，先生姓施吧？是的，本人施世凡。有你的匯款單。施世凡立即開門請他進去，他說不用了，簽名或蓋私章即可。施世凡拿出胸前的派克金筆簽名道了謝，心想這些本來都是老婆的事，往日扔在桌子上，麗華自會憑單去取款。可是現今老婆進了醫院，自己去辦理才對，坐月子正需花錢。於是開抽屜取出戶口簿和私章，蘿菜河很近不用騎車子。

岳父似乎知道即將增添外孫，以前一年寄兩次錢，每次一百元，這一回寄二百元，還送了一大沓僑匯券，糧油糖肉布票什麼的，外衣四個口袋都裝滿了。想到香港老朋友一再寄食品來，有了外援麗華坐月子不致餓肚子，心下甚是安慰。再走走，步伐自然而然朝信托公司邁去，那裡有他心儀的物件，已經走過好多趟，叫人家拿下來看過幾次，始終因為囊中羞澀無法交易。其實有時走過來只是想知道那東西有沒有被人買了去，自己并無足夠的錢交易。

可憐施世凡曾經是桐城出名的紈絝子弟，當年有什麼喜愛的東西買不起？真是落難的鳳凰不如雞。去呂宋繼承父親遺產那一趟，經香港買了一部徠卡一三五相機，自己的業餘興趣全放到攝影去了。但是玩這東西花費不菲，膠卷、相紙、顯像水、定影液，在在需要錢。一三五照出來的相片嫌太小，常常需要放大真麻煩，做夢都想有一部一二〇機。可是每月工資老婆只給他留下二十元，哪怕處心積慮再怎麼節儉，也儲不夠錢買一部一二〇相機。有一回看到信托公司有人寄賣一部進口一二〇機，看了真合心水，但賣主咬定一百五十元一分不減。

回想當年帥哥兒施世凡何等風流瀟灑，白西裝白皮鞋灰領帶，就差手持文明棍，一副南洋大亨的派頭。玩的也是西洋玩藝兒，家中設有桌球室，偶爾也彈彈曼陀鈴，未必精通卻也悅耳。別以為施公子做的大生意，只不過靠「吃僑匯」長大的。直到父親走了，才想到不可不事生產，要自強不息要創業。做了老闆，倒是紮紮實實學起技術管理業務，其他股東投下的是資金，他投下的是心血。工廠投產後迅速回本，業務蒸蒸日上，收穫頗豐。施公子亦未曾忘記享受，廠裡的小汽車只為其一人服務。當然後來公私合營啥都歸了公，只能永久地騎永久牌自行車。

今天施世凡又出現在櫃檯前，老闆越是客氣地打招呼，施世凡越發覺得臉紅。老頭身邊那小夥子看到「老主顧」一副鄙夷的神情，愛理不理。臭小子憑什麼你？施先火了，老子今天就發威叫你開開眼。

「我要那部相機。」顧客朝小夥子點個頭，眼神向著櫃子上的相機，不大客氣。

「我說這位同志，先點清楚錢包裡的錢夠了嗎，我們忙著呢。」小夥計忍不住鄙薄的口吻。

「恁爸（老子）就是要你拿下來侍候人客，聽有冇？」一向斯文的施世凡幾乎潑婦罵街。

「無錢學人充什麼大爺。」小子不肯認輸，他目睹這位主顧多次看過相機，賭他買不起，忘了服務員的宗旨，羞辱起客人來。

豈料豪客突然掏出一沓銀紙，拍一聲搭在玻璃櫃上，周圍的人見狀都起鬨，罵「死囝仔臭屎目（臭小子沒眼光）狗眼看人低」，繼而噓聲四起。

老頭子聽到鼓噪慌忙放下手中生意過來，問清緣故把那小夥計趕去倉庫，頻頻向客人道歉陪罪，人們才安靜下來。老人將那部相機拿下來，贊同志你有眼光，這部相機雖用過幾年，但通共不過拍了幾筒膠卷，乃是一位華僑贈予友人的女兒，可惜主人患了慢性肝炎，女兒瞞著父親拿出來寄賣，為的替父親換幾盒B12。

施世凡聽了心裡一熱，說在下確實是看過幾次，今天才湊夠錢來買。年輕人不懂世故，別難為他了。于是數了十五張「大團結」，背起相機回家。快抵家門才想起怎樣向老婆交待，自己身邊只有五十元，湊上去還差一百元，怎生是好？急中生智，到閣樓上翻箱倒櫃，找到一件呢大衣。不行，冬天來了穿什麼？有了，抽屜裡還有隻舊梅花錶，這牌子不太值錢，以前都戴勞力士。於是又跑了一趟信托，紅著臉問那老者能值幾個錢？偷偷告訴他不想讓老婆知道自己買了相機。老頭子幾乎笑出聲來，說你放心好了，盡放吧，過些天來看看。開了張條子，拍拍貴客肩膀，只是笑不是奚落，是男人彼此之間的心照不宣。施世凡終于在老婆出院前擺平了這筆匯款。

有了心頭好的施世凡大熱天到處跑，爬虎溪岩看繁花似錦，探白鹿洞賞藍天白雲，到胡里炮臺觀海潮，登日光岩俯瞰鼓浪嶼全景，遊淑莊花園聽鼓浪洞天。捕風捉影不過癮，還要拈花惹草。港仔後、美華海灘釣客最多，穿泳裝的嬌娃真養眼，海上花園的姑娘最大方，她們穿泳裝絕不遮遮掩掩，肩上搭一條大毛巾隨街走，不介意遊客拍照。施先陶醉於大自然，選擇最佳景物攝入鏡頭。膠卷、相紙和藥水價格不便宜，看准目標調好光圈和速度，按下快門咔察一聲搞定。

孩子周歲時在家做了一席豐盛的晚飯，沒有請客只來了蔣三省，他不算是客。飯後施世凡給小兒子正名施永興，說是母親的授意，寓意家族興旺。大家一起照了相留念，準備寄給鄉下的婆婆和南洋的外公，還有香港的親友。蔣三省帶了個好消息，說國外右派攻擊中國，將困難時期稱為飢荒，誣蔑此間餓死了很多人，秋季有一個左派華僑代表團來訪，準備實地參觀並體驗國內人民的美好生活，再將之宣傳出去。政府讓我到廣州接待這個團。施世凡說，這麼好的機會為什麼別人不爭破頭卻選中你？蔣三省偷偷笑了，說那個團有不少人認識我，有些年輕人需要用英語交流。蔣三省又說給江玉璋寫了信，看他能否過來見見面敘敘舊，屆時下榻華僑大廈酒店。施世凡答應過兩天洗幾張照片，帶去給他們看看。

送走三省，施世凡急於進黑房洗相片，卻被妻子叫住。

「坦白從寬抗拒從嚴。」妻子不怒而威。

丈夫知道得意忘形露餡了，只好低頭認罪，一五一十從實招供，說若非臭小子把我氣昏了，決不會犯這個大錯誤。

「好太太，你老公天下第一好人，不嫖不賭只愛攝影，老婆大人有大量，下次不敢了。」

「還想嫖賭呢，美的你！」

「老婆老婆，我一個大男人，若是沒有一絲兒樂趣，天天給你守爐子、洗奶瓶，你勢必笑我窩囊。」

「你賣了那隻錶，永甯已經上高中沒有錶不行，你想辦法去！」

「高三畢業考試前給他弄一隻，還早著呢。」

丈夫寬慰老婆，總會有辦法的。洪麗華知道丈夫今晚又是睡黑房，打哈欠說我睏了，費事理你。

法官老婆審問疑犯丈夫結束，終於無罪釋放。

施家宅子樓下是生活間，闊大的客廳擺放著巨大的沙發和長玻璃茶几，後面的飯廳連西邊的廚房，東邊是嬰兒和傭人的睡房，後面有兩個衛生間。施世凡夫婦和大兒子永甯住樓上，主人的書房一早變成了暗房。

夜間萬賴俱寂，一個人熄燈坐在暗房，只留一盞紅燈。將膠卷裝入顯影罐，倒入顯影液，過一會兒倒掉顯影水，倒入定影液，然後拿出來晾乾。將沖好的底片放在放人機中，調好焦距，把相紙放在紅光投影的位置，打開放大機燈，掌握曝光時間，關燈。相紙相繼浸泡在顯影液、定影液和水中，水裡花草樹木人影晃動，施世凡的全身心隨著他們的浮現屏息以待。最後將相紙貼到電鍍版上光，然後關燈深深呼吸，仿若放下千斤負荷，靠在沙發上安然入眠。

濱城是個商業城市，中山路段住著不少商家，平時人人趕著上班下班，街坊之間互相串門子並不多見，鄰居見了面只點頭打個招呼。週末下午鄰居吳姐看到洪麗華下班，笑呵呵地過來串門子，洪麗華此時方曉得她是居委會主任。街媽大小是個官，是黨的基層幹部，上門來總叫人有些誠惶誠恐。幸虧吳姐和藹可親、不卑不亢，言辭不誇張，四十上下年紀，根本是個普通鄰家主婦模樣。

「洪麗華你不是給小兒子改名字嗎，填好這張表格簽個名就得了，派出所那裡我替你送去。」主婦剛請她坐下，主人也回來了。洪麗華慌忙介紹吳姐，讓丈夫接手招呼，自己趕快去廚房沖杯阿華田出來。成嫂一早瞧見街坊幹部進門，帶孩子到樓上躲起來。

「施先的工廠經營還好嗎？」吳姐見慣資本家的宅子，並未被施家的豪華震懾，主動開口。施世凡這老實人很誠懇地交了底，說早兩年生產差些有虧蝕，近年還好可以平衡。

「養幾百人不容易。」吳姐很通情達理。

彼此交談起國家調整經濟的決定，吳姐嘆了口氣，說幾個工廠下馬，哪裡來回哪裡去，街政無法安置這些失業青年，惟有勉強往服務部門塞。還有幾個困難戶，父輩做搬運和三輪，而今這種苦力式微，老的失業兒子沒有工作，長期依靠政府補助不是辦法，不知「三戶紙廠」能否安置幾名臨時工。施世凡坦然地說，假如我能說了算當然沒問題，可是招聘工人一向由人事部掌握。

「只要施廠長點頭就可以了，街道居委會和派出所會將資料送去貴廠人事部。」

吳姐喝了茶告辭，兩夫妻送走客人，關門互相交換了個眼色，方才鬆了口氣。

第十六章 南行

君子矜而不爭，群而不黨。蔣三省是黨外人士，國共兩黨皆沒份，但兩朝都用他，因為他們家族曾是當地大華僑，到外國謀生的宗親族人都將財產委托其父管理。後來蔣三省留洋讀完書回來子承父業，不僅服務鄉里，而且在政府設立的僑屬部門任高職。不管任何政黨掌權，華僑一直是爭取的對象。絕大部分華僑是愛國的，辛亥革命的成功凝聚了多少華僑的心血，抗戰期間南洋華僑組織抗日游擊隊，建國時期又積極支持新政權，陳嘉庚傾家興學更是家喻戶曉。

「當我們前幾年面臨嚴重困難的時候，一貫敵視中國人民的帝國主義者、現代修正主義者和各國反動派，演出了反華大合唱，說什麼中國的經濟『崩潰了』，大躍進『失敗了』，人民公社『垮臺了』，人民政府『破產了』等等。但是，曾幾何時，這些老爺們在無情的事實面前，不能不承認：屹立在東方的中華人民共和國更加鞏固，更加強大了。」這是當年報紙和文件的官方口吻。

歡迎華僑歸國視察的小團體出發南下，把客人帶到廣州華僑大廈酒店。迎賓主角蔣三省白毡帽、金絲眼鏡、白西裝、紅領帶，棗紅皮鞋與手中紫檀木手杖成為絕配，一派紳士風範。同伴竊笑老頭臃腫的體形有如電影中的反派人物。行程是輕鬆愉快的，社會已經穩定，城內百姓踏踏實實地上下班，郊外農民勤勤懇懇地種田，商人競競業業做生意，秋季中國出口商品交易會正在中蘇友好大廈舉行。歡迎小組的第一項最強大內容就是帶領來賓參觀廣交會。

廣交會是一座連接中國與世界的橋梁，又是一道南窗口，向世界展示經濟發展成就，讓中國和世界相互瞭解。廣交會培育了眾多的中國企業品牌，令中國走向世界市場，推動了中國對外貿易發展，亦帶動相關產業的發展。更為重要的是廣交會成為國際交往的舞臺，這裡除了商家雲集，還是接待各國元首和政府首腦、增進中外友好往來之地。

然而廣交會客戶邀請曾有嚴格的國別（地區別）。只有那些持有中方邀請信（函）的客商才能來華參加廣交會。一九五七年四月的第一屆廣交會「原則上只邀請港澳和新馬地區客戶」。六十年代初國別政策漸趨成熟，一九六一年秋交會邀請外商（包括港澳華商）在地區上按下列原則掌握：

（一）以港澳和新加坡等地為重點。對西歐的英國、法國、意大利、聯邦德國、荷蘭、比利時等能收取現匯國家的經營我出口商品的商人儘量多邀請一些。

（二）對日本，根據中日貿易三原則和我貿易上的需要，邀請一批友好商社。

（三）美國、菲律賓、泰國、以色列、南朝鮮、南越和南非的商人一律不邀請。

（四）西方國家駐香港的商務人員一律不邀請，如他們提出要求需專案報批。

（五）一九六三年六月的廣交會邀請客戶工作細則強調：邀請範圍應該廣泛一些，尤其是西歐、澳洲、加拿大、新馬等現匯地區經營我出口商品的客戶應該多邀請。

蔣三省作為僑務局局長，國家的對外政策瞭如指掌。一九六四年秋他帶著視察團，憑借三寸不爛之舌向客人認真介紹，光是展覽場地就陪客人走了好幾趟，有些客商產生興趣經過審慎考究，要求再次陪同他們回去找出展單位工作人員質詢，某些客人大有準備與國內合作的意向。這個團雖為南洋華商，但是他們的子女多數已是歐美國民。

過兩天考察團一行將去肇慶七星岩，然後參觀常山華僑農場，昨晚客人們夜遊珠江，今天遊覽羊城著名景區越秀公園。市區景點有當地導團帶隊，老頭子說皮鞋磨腳起泡，不如你們去吧，我在酒店略事休息養精蓄銳。於是「老華僑」坐到酒店咖啡廳等待朋友的來訪。揮手一別十五載，當年的小夥子江玉璋人到中年略帶滄桑肩背仍堅挺，見到衰頹十足的老頭子，仍然西裝領帶光亮皮鞋，華麗包裝下顯見內裡虛空，不覺有些傷感悲從中來。若非在公眾地方，當擁抱而泣。

江玉璋要侍者來兩杯拿鐵，侍者答只有一款咖啡，那也好。老頭顫抖抖地掏出一沓照片。為了讓哥哥見到近照，妹妹曉璇特地進城，施世凡安排大家在中山公園拍了一輯照片。一二〇機拍出的與一三五效果自是大不相同，不僅相片大相紙質量好，拍攝者的技術也已大大提高。黃曉璇撫弄鮮花的大特寫有些造作，穿戴顯得土氣，身體十分瘦弱。透過紙背江玉璋看到的是影中人的內裡，一個個蒼老的面容、憂鬱的神情、強顏歡笑的神態，他的心又再次流淚。老人似乎看出朋友沉重的心情，一再解釋現在政策穩定下來，大家的生活已有好轉，你們在外面也不容易，以後不要再寄任何東西。何須贅言，他不想滯留，匆匆收起照片，放下一個很大的旅行袋，說裡面有你合適的大號便裝，還有兩雙不同碼的膠底球鞋，老哥試著換一換，否則這一路去難免崴了腳。

七星岩旖旎多姿，集「桂林之同，杭州之水」於一地，自古以來就有峰險、石異、洞奇、廟古之說，景點主要包括星湖和七座山峰，狀若北斗七星散落湖中因而得名。景區山青水秀、風景如畫。一座最高的岩山叫「天柱岩」十分陡峭，有供上山的小路讓旅人抵山頂觀賞風景。山頂上修有一座涼亭，站在涼亭上似能摘到天上的星星，人們便叫它「摘星亭」。幸虧來賓並無摘星的興趣。蔣三省引導客人往北面看，依稀可見東方禪林內五百羅漢，正中間是一座睡佛的雕像。天柱岩的下面有一處自然壯觀景點，稱「七星洞天」，是自然形成的鐘乳石洞，裡面的鐘乳石奇形怪狀，形態各異的岩石在彩色燈光的照射下光怪陸離。

七星岩摩崖石刻是保存得最多最集中的摩崖石刻群，歷代名人在此題詩，摩石刻計有六百多幅，僅石室岩內外就有三百餘則，石刻中各種字體皆備，篆、隸、楷、行、草俱全。石室洞內外的摩崖石刻，不僅是一首首文情并茂的山水詩，而且是千年滄桑歷史印記。陳毅元帥撰詩稱它是「千年詩廊」。今年春葉劍英元帥遊覽七星岩期間留下一詩曰：

借得西湖水一圜，更移陽朔七堆山；
堤邊添上絲絲柳，畫幅長留天地間。

蔣三省隨口詠頌，看來是做足了功課的。

常山華僑農場位於福建省漳州市境內，地處雲霄、詔安、東山三縣交界。常山三面環山一面臨海，丘陵起伏，海拔高低差八、九百米，屬亞熱帶海洋氣候，雨量十分充足。該農場自一九五三年開發以來，收容來自馬來西亞、印尼、越南、泰國、柬埔寨、老撾、菲律賓等國家和地區的歸僑、難僑，他們在這裡安居樂業、繁衍生息。無疑這是一個華僑大家庭，祖國是海外華僑的強有力靠山。

視察團人員親身深入到農場的一個個家庭，瞭解工人的生活狀況，搜集他們的真實故事。蔣三省特地帶客人們訪問「十二金花」，即最早到場參加建設的十二名來自馬來西亞歸僑。這些女人歸國前都懷有濃烈的愛國情緒，曾在僑居國參加過抗日革命工作，也因此受過牢獄之苦，遭受國外反華勢力排擠被遣送回國。初時常山這個不毛之地住的是勞改犯，當她們成群結隊出工時，周邊的農民常駐足觀看，驚艷竟有這麼多穿漂亮花衣的「勞改犯」。為了不被誤會，女子們只得高舉紅旗以示區別。雖然條件艱苦，但國家的關懷令她們感到幸福和溫暖。大家熱愛祖國、建設祖國的熱情高漲，願意以辛勤的勞動回報國家，生活過得充實幸福。與來賓分享這些往事，人人洋溢著驕傲的容光。

結束常山農場之行，來到享譽海內外的集美學村。著名愛國華僑領袖陳嘉庚先生始於一九一三年在家鄉集美傾資創辦各類學校，包括幼稚園、小學、中學、女校、師範、財經、紡織、航海、水產、國學、農林、輕工、體育林林種種。集美學村堪稱「民主堡壘，革命搖籃」。蔣三省帶領客人遊覽集美的主要景點陳嘉庚先生陵墓——鰲園，毛澤東主席稱讚他為「華僑旗幟，民族光輝」。

墓前的祭亭和墓後照壁均以青石砌刻，典雅莊重。鰲園的石刻分為浮雕、影雕和題字三種。鰲園內短牆、欄杆、亭柱等處，鐫刻著黨和國家領導人、各界名流題贈詩詞和對聯，盛贊陳嘉庚先生的精神品德。陵墓呈壽龜形，墓蓋用十三塊六角形的青斗石鑲拼而成，光可鑒人。墓殼內側由十五塊青斗石浮雕鑲嵌，上雕陳嘉庚先生前半生經歷。周邊的石雕紀錄先生傾資興學、赤誠報國的一生。

「海地探物」、「扯取花生」、「削取海蚝」、「掘取地瓜」，此四幅是少年陳嘉庚勤勞生活的寫照。「搭船出洋」、「米商服務」、「回梓完婚」三幅，刻的是陳嘉庚第一次出洋學習經商及回故鄉完婚之事。「黃梨罐廠」、「栽黃梨園」、「栽樹膠園」、「熟米機廠」四幅則表現陳嘉庚在新加坡的奮鬥業績。「福建保安會」一幅雕刻內容乃一九〇九年陳嘉庚由友人介紹認識孫中山。最後三幅：「辦集美學校」、「購三輪船」、「辦廈門大學」，表現陳嘉庚傾資興學的情況。每一幅石雕都得到蔣三省的逐一講解，再現了愛國僑領傾資興學，赤誠報國的人生。

穿越長長的走廊，鰲園深處的廣場正中聳立著高大的集美解放紀念碑。

紀念碑為鰲園的主體建築，乃陳嘉庚先生親自精心設計。碑身正面鐫刻著毛澤東手書的「集美解放紀念碑」七個鎏金大字，背面是陳嘉庚親手撰寫的碑文，共計二百八十四個字。碑高二十八米，象徵中國共產黨經過二十八年奮鬥，終於取得了勝利。紀念碑頂端高入雲霄，冠以琉璃瓦大屋頂，體現了陳嘉庚先生一貫「采納古今、中西結合」融為一體的要求，以及處處不忘民族尊嚴，期望中華騰飛的高尚情懷。

碑基為十三、十、八、三級四個臺階，十三級寓意陳嘉庚先生事業鼎盛的年月，十級為遇到困難的年月，八級為八年抗戰，三級為三年解放戰爭。階階有故事，層層有記載。碑座的石欄上，刻有多種珍禽怪獸、奇花異草，碑座正面是第一屆全國政協會議以及黨和國家領導人合影的浮雕。

視察團的行程基本結束，老人肩負導團之責，不浮眾望功德圓滿，送行讓給年輕人，連告別酒會也不能去了。食君之祿擔君之憂，但求無過豈敢居功。畢竟上了年紀太累了。

國務院於一九六四年底對國民經濟作了調整，城鎮人口進行減縮，杏林工業區部分建設停了下來，建設公司陸續撤回市區來了。公司安排給黃曉璇一小套簡易房，去一家附屬工廠上班，總算可以重新安頓下來。一九六五年夏天蔣三省的小女兒蔣玲玲畢業，獲分配到濱城感光廠，得以陪老父度晚年。李逍道大學畢業沒去當教師，分配到郊縣一家化工廠當技術員，住在工廠宿舍。假如李少英健在，她一定會頻頻禱告，感激神的恩典，再沒有人餓死，沒有人病死，社會上風平浪靜，家家平安無事。哈利路亞！

然而誰又知道，這平安無事的三百六十五天，不就是三千六百五十個不祥日子的前兆？道高一尺，魔高一丈，或許潘多拉的盒子打開了，撒旦出來興風作浪。一個風和日麗的沿海城市，突然被滾滾烏雲汙染，多少駭人聽聞的故事出籠，多少觸目驚心的私隱公諸於眾。那些聳人聽聞的消息，哪怕信其一成都會死人，人們卻奔走相告。只要看看大字報上的白紙黑字，小心你的心會跳出來，你的膽會被嚇破。一夜之間是非顛倒，人和事全變了質，面子一張皮，說變就變，撕去平時溫和的外表，頓成狂怒的獸。什麼反動學術權威，什麼走資派，什麼封資修，通統小巫見大巫，特大消息乃僑務局局長蔣三省是潛藏的國民黨大特務，利用公幹機會以英語會話泄露國家機密，將濱城前線軍事情報交予來自外國的特務分子。一份大字報有更恐怖的說法：蔣三省從廣州接受一部微型攝影機吞進肚子裡，走到哪裡就能拍下照片發報出去。

不過這一說法立即被人反駁，有見識者斷定不可能成立。

據揭露出來的歷史蔣三省的確複雜至極。老婆李少英前夫是平和縣小溪鎮國民黨區分部書記，被我游擊隊擊斃，國民黨移花接木將李少英安排給蔣三省，指示他們長期潛伏下來。李少英的堂弟李國梁曾追隨蔣幫退居重慶，抗戰勝利後搖身一變成為軍統特務，臨解放逃亡臺灣。李少英另一堂弟李治護送李國梁妻子逃往香港，回來欲再潛伏為我方政府識破身分送往勞改……

集美學校的紅衛兵把蔣三省抓了去，不分晝夜輪番審訊，白天批鬥拳打腳踢「坐飛機」，晚上不准睡覺寫交代，關了整整一個月。近六旬的老人作了無數次交代，卻老是忘記先前說了些什麼，也不記得曾經塗寫過什麼，一腦子糨糊。小將們只好擬訂幾十道問題，要老頭子一一回憶交代。

後來學生兩派有了分歧爭執不下，沒有人願意管他，也不叫人給他送飯。直到夜深人靜，蔣三省發現窗戶沒有鎖，搬了條凳子爬出去。他餓得頭昏眼花，卻不想去找吃的，黑夜裡一直朝前走，朝前面有亮光之處，他告訴自己，走過沙灘就自由了。是的，他回答自己，只要一直走出去。他覺得身上冷起來，喝了一口又鹹又苦的水，沒有抗拒繼續喝下去。這裡是一道平靜的港灣，沒有巨浪起落，直到屍首浮起才被人發現。

蔣玲玲被通知往火葬場看父親最後一眼，「自絕於人民」的老頭子全身腫脹眼鏡也沒了，女兒除了痛哭流涕無能為力。火葬場工人迅即將反動人物推進去，一會兒工夫便灰飛煙滅。女兒捧著老父的骨灰罐子舉步維艱回到家中。門上是加上封條的，大字報層層疊疊。她推了門進去，將罐子置放在母親的照片前。李少英的骨灰還在呢。兩隻瓷罐子並排著，他們可能在另一個世界相遇嗎？姐姐蔣晴晴修讀護士時信了主，姐姐不忘向妹妹宣揚福音，她曾經告訴妹妹，父親後悔沒有追隨二娘。現在已經遲了，假如父親信了主就不會走這條路。

小女兒玲玲哭累了，昏昏沉沉地睡去。朦朧中父親向他走來，穿著白西裝棗紅皮鞋，繫著紅領帶。爸爸，你去哪了？別丟下我們。孩子，爸爸對不起你們兄妹，沒有盡做父親的責任，但是你們兄妹三人一定要相信，爸爸不曾做過對不起國家和人民的事。他們要我亂認罪亂咬人，爸爸做不到，做人要有起碼的尊嚴，爸爸只有離去才能解脫。找一個地方，把爸媽的骨灰倒掉埋了。好女兒，如果有來世，咱們再做父女，爸爸愛你，愛你們。

女兒見父親轉身而去，急欲起身想抓住父親，一腳踩空猛然醒來，原來是南柯一夢。但她堅信是父親的最後囑託。人們都在市區鬧革命，虎園路離市中心頗遠，四圍靜悄悄的，只有幾聲咶咶蛙鳴，相信此時沒有人會到這一帶來。姑娘在娘的箱籠裡抄到一條大圍巾，將骨灰罐捧下來倒出所有骨灰，打了幾個結揹上。再到放工具雜物的小屋，找到一把種花的小鋤頭，挖了院裡一棵小樹扛到肩上，朝水庫方向而去。水庫周遭萬籟俱寂微微風吹，沒有人聲只有鬼氣，附近的烈士陵園埋葬著一千多位英烈，假如他們泉下有知，當同生者一樣悲切。先烈英勇獻身換來的江山正在被肆意粉碎。

蔣玲玲在心裡向主作禱告，求主賜予力量，紀念信主的娘和來不及皈依的父親，一路哀哀地哭泣。在萬石岩水庫的緩坡上挖了個洞，將骨灰倒下去，種上小樹填埋泥土。再一次祝禱：天堂的窄門為善良的靈魂敞開，願天父與你們同在，阿門。

姑娘砸碎骨灰罐，填在挖出小樹的泥洞內，將父親的白西裝、紅領帶、紅皮鞋和手杖包起，拿走娘的大照片像框，又挑了幾張舊照，其餘的都燒掉。少女無法在這座房子孤單地熬下去。蔣玲玲於一夜之間長大成熟了，一切看來塵埃落定，但誰又能確定，塵封的風景不會月白風清再見光明？

第十七章 砸爛

熊熊的革命之火在神州大地燎原，大有掃蕩一切、觸及靈魂之勢。該砸的都砸爛了。大街上的招牌、路牌、偶像、肖像，小巷裡的水晶玻璃、明清瓷器，只要有封資修色彩。到處飄蕩著火燒的濃煙，黑膠唱片、線裝書籍、奇裝異服、西洋樂器，都在烈火中哭泣。「中山路」將要改成「向東路」，「思明路」要改成「反修路」，中山公園的湖泊要填了種莊稼。解放這個城市犧牲了多少將士？建設這個城市花了多少時間？要破壞就那麼一會兒。

該打倒的卻還沒打倒。首當其衝是學校的校長、教師，他們是第一批殉難者。工人和幹部後知後覺了些，人們照常去上班。一時洛陽紙貴，「三戶紙莊」的生意忒好，「三戶紙廠」加班加點供不應求。洪麗華好醒目，套上工廠發的勞動裝。六月天女人仍穿冬天的衣服，恐怕裙子屬於奇裝異服。

「三戶紙廠」並不平靜。黨支部書記是政府派來參加公私合營的領導，廠裡的工作一向做得有聲有色，幹部和工人們對黨的幹部十分敬重。無奈三年前老書記的腸子生了個毒瘤，切割後是恢復過來了，只是病蔫蔫的，三天兩頭請病假休養，長年不駐廠。去年來了個復原軍人當副書記，年輕人的氣派自是不同凡響。這位軍人從未上過戰場，卻能心神領會黨的精神，極其重視和平環境的階級鬥爭。革命形勢逼人，他正在思索如何把握天時做出一番成績，將個人事業推向高峰。首先得研究一下廠裡的人事，找出革命對象，吩咐人事部管理層將所有個人檔案送給他過目。

可惜革命烈火燒得太快，年輕書記尚未來得及研究檔案，工人們已經行動起來了。也不知是誰拉起一支工人紅衛兵隊伍，他們打著大旗離開廠朝著市區邁進。工人們一路上揮舞紅旗慷慨高歌，他們都是些年輕工人，有的才入廠不久，總共不過十幾人。老工人世故得多，不看准風向絕不肯輕易表態，何況年輕工人離開崗位，他們可以多掙點加班費，機不可失。

這些年輕人中有一位長的高高大大，名叫謝增恩，他曾經工作的機構下馬，未及轉正便失業，惟有替父親踩三輪車維生。後來居委會替他安排到「三戶紙廠」，時間不覺過去三年。前面提過，謝增恩是認識施世凡的，其實他小時候就見過施先夫婦，經過父親證實才聯繫起來。謝增恩的父母都是虔誠的基督徒，兩夫妻沒有生育，兒子是向教會附屬的孤兒院領養的。小時候爸媽逢禮拜天就帶他去上主日學，洪麗華夫婦經常捐款予教會，幫助主內困難的兄弟姐妹。這些年在社會上有工作的都不敢公開去教會，最近老牧師和長老都不見蹤影，只有謝家父母出身好無需懼怕，時時去教會走走。

一聽說工人要造資本家的反，謝增恩馬上加入，因為長得高大立即被委派扛大旗，雄糾糾氣昂昂。頭目走在前面直奔中山路，謝增恩心裡明白要去哪裡卻裝糊塗，徑直走過施家被喝令回頭。施世凡夫婦上班，開門的是一個中年女人，手上拖著個小兒，見來人氣勢洶洶急忙抱起孩子站到一邊，後來索性坐在門口石階上，將孩子的臉轉靠自己懷裡，渾身象篩子般哆嗦。

工人們才進門就被老闆家的富麗堂煌嚇窒，不曉該從哪裡下手。第一個敢吃螃蟹的小子捲起袖子爬到沙發上，將客廳牆上掛的像框扔到地上，乒乒乓乓；隨手扯下字畫、條幅；摔破櫥櫃上的唱機、櫥櫃內的唱片；玻璃、膠碟碎了一地。有人動手搬到院子中間點起火來，其他人繼續搬書籍焚燒滅跡。

謝增恩見一部分人衝上樓立即跟上去，他們的主要目標是暗房。見到兩部照相機，幾個窮小子太開心了，活像戰場上繳獲敵人的武器，個個拿來撥弄研究一番，然後從樓上扔下天井，當下粉身碎骨。此時的謝增恩將繩索吊著的底片全部扯下，連同已曬或未曬的相紙扎成一團，扔到熊熊烈焰之中。在場所有的人只想破壞，沒有人會想要留下作惡的證據。他們忿恨資本家魚肉工人，底層的人窮得半死，富人卻驕奢淫慾。

且說那副書記聽造反回廠的紅衛兵匯報，道是砸爛了施老闆家所有貴重的東西，燒掉這家伙全部書籍、照片、膠卷等等，立時洩了氣。這時他想起市裡挖出反革命大案蔣三省，尚未找出其他同夥，說不定這兩個人之間有什麼聯繫。然而為時已晚，證據全被自己的手下毀滅，真個是啞巴吃黃連有苦自己知，想到如此失策，捶胸頓足悔不當初矣。施世凡並非「三戶紙廠」惟一股東，與之同樣持有股份的兩個商人早於幾年前去了香港，原則上「三戶紙廠」屬於華僑資產，是受政府保護的。只要股東聯手向中僑委投訴並授權施世凡，誰也不好動他。這位副書記想升官惟有尋其他途徑了。

施世凡夫婦放工回家，見到烏煙瘴氣，方知遭人搶劫，自然心痛不已，幸好小兒子沒事。洪麗華見成嫂魂不附體抖個不停，慶幸抽屜沒被撬開，找到一瓶朱砂，沖了水讓她喝下去，叫她去休息自己動手做飯。大兒子永甯本來就要參加高考，現在社會動亂停了課，看到家裡遭災，對父母說明天起不上學，留在家中收拾。洪麗華最想得開，苦苦勸說丈夫，留的青山在哪怕沒柴燒。這時施世凡突然想起什麼，三兩口扒下飯趕著上樓收拾爛攤子。從今往後不能玩攝影倒無關緊要，蔣三省被冤枉致死才是大事，細想起來直冒冷汗。必須銷毀所有和他的聯繫。紅衛兵倒是幫了自己的忙，餘下的相簿也不能留。原以為工人還會來抄家，奇怪的是「三戶紙廠」竟然再無進一步革命舉動，亦沒有人對施廠長進行批鬥。

洪麗華不是不曉蔣三省的事，只是不敢也無處打聽。她曾偷偷去到虎園路，遠遠地見老哥的房子貼上封條。聽一個清潔工人說，樓上那個醫生也遭批鬥沒回家，整座樓晚上烏燈瞎火的。後來又去了一次，樓下已經換了住客，住進一些粗魯的人。女人回家不無擔心地對丈夫說，住處寬敞的人家大有可能被人佔進來，鼓浪嶼不少有錢人被趕去住地下室。如此下去，仍是危機四伏。

一天吳姐又過來，開口作揖：「平安是福。」施世凡夫婦不曉又要發生什麼事，膽戰心驚無言對答。成嫂被嚇過一次倒是大了膽，沖了杯一枝春。吳姐有點尷尬道：兩位請見諒，人在江湖身不由己。有人反映其他區段發生住屋糾紛，我想你們也聽說吧。與其遲早有此一著，為今之計不如先安排一對夫婦住過來，我可以保證他們是好人，適當的時候再搬出去。我只想請你們莫誤會。這個問題施世凡兩夫妻剛討論過，便說我們明白。吳姐立即作了安排，就讓出保姆和孩子這一間吧，廚房給他們小夫妻留個灶位便可以。然後又補充洗澡間也得借用。洪麗華總算強制自己定下心，回答廚房大灶反正沒有柴燒，等人來拆了好空出地方。於是事情就定下了。

第二日吳姐叫師傅來拆大灶，還買了個小煤爐試用一下。成嫂和孩子搬上二樓書房，反正這房間不會再作暗房用了。那對小夫妻過來作了布置，安置床和桌子，床上簡單的被褥帳子，桌上幾本毛主席著作，廚房也擺上油鹽醬醋瓶。洪麗華給了他們一套大門和房門鑰匙。施世凡正為與人同住煩惱不已，從此再無隱私可言。奇怪的是兩個年輕人一直沒有來住。洪麗華忍不住打開他們的抽屜，只見一本聖經赫然呈現眼前。兩夫婦猛然想起家中幾乎所有的書均被焚毀，激動地流淚捧出寶書，向主深深懺悔。

黃曉璇就沒有這麼幸運。她的工作單位有家半工讀學校，紅衛兵怎肯放過反動分子的老婆？離婚是沒有用的，社會主義法律是任當權者擺弄的，離不離婚你都是李治的老婆。李治死了，這兩年黃曉璇又一直在郊區，否則蔣三省的大案能不連累上她？今時今日的黃曉璇已非大小姐，種過田扛過石頭，腰粗如桶，鐵做的高帽子沒能壓碎她。批歸批鬥歸鬥，只要有工資發肚子不餓。捱過一段日子，紅衛兵分黨分派窩裡互鬥，跟著受迫害的也可以造反，天下亂成一鍋粥，人們終究得為三餐一宿討生活，革命漸漸成為少數人的事了。

其實文化大革命不外乎兩派人的鬥爭。最初是出身好的紅衛兵伙同當權派對弱勢群體的壓制，即鬥爭早已被踩在腳底的地富反壞右和手無寸鐵的知識分子。豈料中央的意思並非如此，推出毛主席的「造反有理」理論，公布「十六條」，顯而易見這就是要革當權派的命。「捨得一身剮，敢把皇帝拉下馬」嘛。曾經受過壓制的有足夠的理論根據起來造反，這些人是多數派，先前的保守派必不肯認輸對著幹。於是解放軍加入「支左」。誰不稱自己是左派？軍人便一隻眼開一隻眼閉，讓你們去搶槍，真槍實彈幹起來。

一九六七年八月紅旗雜誌發表了〈揪軍內一小撮〉社論，衝擊軍區、搶奪軍隊槍枝彈藥的事愈演愈烈，全國範圍的武鬥進入高潮。濱城的革派和促派們各據一方，雙方築成的防禦工事後面戰旗揮舞，高音喇叭口號聲不斷，紅衛兵英雄們燃燒著青春烈火，陶醉在紅色海洋的夢幻中，決心叫敵人在革命火焰裡化為灰燼，讓理想的共產主義世界在沸騰的熱血中誕生。衝啊！三百多個年輕的生命在槍林彈雨中倒下，鮮血染紅了雪白的長堤……

當兩派打的不可收拾時，老子天下第一的工人大哥來了，「支左」的工人比解放軍還不講理，因為肩負著中央文革小組賦與他們的歷史史命，被派來收拾這班不知天高地厚的學生。大學進駐工宣隊不久學生全部下農場勞動，老三屆也是在工宣隊的指揮下被趕上山下鄉的。

造反派被利用過就該被遣散，能夠參加「三結合」決不會是他們。尤其象濱城這種海防前線城市，必須快速將造反派清掃出去才能安定下來。老幹部因為這樣那樣的原因未有獲解放，葉彩霞便第一個脫穎而出參加市委「三結合」。奮鬥半輩子坐上這把交椅，自當保持革命鬥志勇往直前。市委做了最大膽的決定，將一部分城市人口遣散到山區，除了歷史汙點人物，再加上各行各業中的造反派人士，讓他們沒有殺回馬槍之力。當然山區方面不是傻瓜，這麼多居民到來加重了當地的負擔，人家為何要替你背包袱？聰明的濱城市革委會送上整個醫院，將第三醫院遷徙去上杭坎市。

一九六八年黃曉璇四十三歲，被流放到上杭最邊遠的一個公社。那個年代幾乎家家戶戶都有上山下鄉人口，想找一戶完整的城市人口或者更不容易。同生產隊一位姓洪的女教師，丈夫的問題尚未解決仍需留五七幹校審查，老婆孩子先給遷移去山區。一個女人帶著兩個小孩，大的孩子還是弱智童。住在離公社幾里路遠的地方，孩子哪有書讀？媽媽惟有自己當教師，黃曉璇主動負責教他們常識和算術。

有時隊長來了，見到「女幹部」分別在教孩子讀書，覺得不好意思叫出工，便訕訕地走了。「下放幹部」這個專有名詞對簡單樸素的山民有震懾的意義，他們不明白這些城裡人到底當多大的官，將來或官復原職，因而心下惶然。下放幹部恃著自己有工資收入，下田又沒有工分掙，幹嘛要爭著去砍柴扛竹？於是他們白天或在曬場上曬谷子，或幫隊裡整理帳本，晚上政治學習一定要出席，免得給人口實。知識青年必須積極表現才有招工升學的機會，則另當別論。

這裡的門戶不用上鎖，隨手關上就行了。就算屋裡有錢也不用擔心，況且領了工資胡亂塞，誰曉得你放哪。有一次下田回來，黃曉璇發現房門開著條大縫，心下懷疑，難道進了賊？一陣涼風透過窗戶輕輕吹來，令她打起冷戰。女人的第六感覺得有些不妥，跑到隔壁拖著老丁過來，先是將食指豎在唇上，再指指房門。老丁年紀雖大卻是個男人，光天化日怕什麼？只見他隨手舉起一支杠子，將房門慢慢推開，一條盤踞屋頂的大蟒蛇順著房門邊沿而落，迅即朝後山坡遁去，把黃曉璇嚇得花容失色。老丁是位生物學教授，解釋不是毒蛇，讓牠去吧。

老丁是個和靄的老頭，山民傳說他是省裡來的大官，個個對之崇敬有加。一把年紀一身灰色幹部裝綁著個大肚子的老丁，與骨瘦如柴的山民站在一起，簡直一個人頂兩個。他的名聲遠播在於其工資。每個月連袂去鎮上郵局領工資，黃曉璇差五毛才夠的上五十元，而老丁二三十張「中國人民大團結」，數也不數，大票子擱後面褲袋，零碎的隨便塞，怎麼逛街也花不完。看見他領工資的鄉民都睜大雙眼眨也不眨。一個農民辛辛苦苦割蜈蚣草挑幾十里山路，賣的一兩塊錢，他們哪見過這麼多銀錢？可見老丁多有分量！

永定境內山巒起伏雄奇峻秀，溪河穿山切嶺，造就了眾多的自然景觀和人文景觀。山下層層疊疊的梯田與土樓完美勾勒出一道恬靜的田園風光。被譽為世界上獨一無二山村民居建築的永定客家土樓，因其奇特的建築藝術和蘊藏的客家文化內涵，深深吸引著外來人。如何想像同一屋頂下的幾十戶幾百人，他們同祖同宗同血緣同家族，過著共門戶、共廳堂、共樓梯、共庭院、共水聚族而居的生活。這裡不是一個村落，只是一座土樓，一座歷史古迹，一個和諧家園。中國遠古時代的人認為天是圓的，地是方的，認為圓具有無窮的神力，給人帶來萬事和合、子孫團圓。時時參觀土樓，關心農民兄弟的生活，原是下放幹部應做的，雖然略嫌圍屋內通風不足，有些牲畜糞便和人的屎尿味。每每仰望土樓黃曉璇必心生贊歎：土樓象地下冒出的巨大蘑菇，又象自天而降的黑色飛碟，一座土樓就是一個藝術殿堂。

其年四十九歲的葉彩霞在濱城居民的哭天搶地中享受不到勝利的快感，反而日見消瘦精神頹喪。往日的兩道劍眉塌拉，一臉枯槁神情委頓，時時乏力經常腹痛。經過一系列檢查，確診為子宮腫瘤，專家說最好馬上開刀切除。醫務人員為了穩定病人情緒，一再解釋除去子宮對後續生活並無影響。做手術需要一流的醫師、教授，市委領導班子批示，特地把專家們從牛棚中解放出來，交予新的政治任務。蔣晴晴身為外科護士長目睹了整個過程，手術是相當成功的，只是切片檢查為惡性。醫務人員與其家人商討，決定向病人隱瞞實況。

何文彬的母親尚健在，得知媳婦住院從鄉下趕來，天天為病人熬湯補身。起初媳婦不以為意，後來懷疑依嫂怎懂得每日煲不同於以往的湯水，嚴苛責問下知道婆婆來了，一手將整碗雞湯掃落地。女人歇斯底里叫罵：老虔婆得瑟啦，等了十年八載，哪天不盼望我早死，他兒子好娶年輕女人傳宗接代。現在如願了，終於給她等到啦！不久癌細胞轉移，病情迅速惡化。見馬克思之前丈夫問她通知兒子嗎？不！我葉彩霞錚錚鐵骨，為革命奉獻一生，豈能留下汙點為人詬病？

文革開始何文彬作為感光廠的黨委書記被紅衛兵批鬥了一輪，同時被集中審查的還有廠長、工程師、老技術人員等，都是上了年紀的一班舊領導。最使他吃驚的是有個年輕女化驗師常被「請」來，和老班子舊人一起參加學習。雙十年華的妙齡少女難道也有歷史問題？後來有人告訴何書記，這位去年的畢業生是因為父親的問題受調查，蔣三省的女兒。呵，明白了，誰不知蔣三省的案子，滑天下之大稽。何書記在心裡替共產黨難過。為了監控與蔣三省有關的人際關係，革命派將蔣玲玲安置在工廠裡的宿舍。

兩年後何文彬官復原識，抓革命也得促生產，人民要吃飯。感光廠大方向一貫正確，經營好訂單多，沒有像其他單位大量下放造反派，許多青年渴望加入這家福利不錯的工廠，作為一家大廠的黨委書記頗為光彩。自從被解放出來領導生產，何書記天天關在家中埋頭工作，市裡不通知開會便不出門。葉彩霞去世後何文彬已經搬出舊房子，那宅子政府後來還給了華僑，老何住在廠內的「書記樓」。

一日何書記有些反常，要司機載他出去兜風。司機以為上司死了老婆孤單，產生極大同情心，介紹了好多郊外風景區，帶領導沒有目標地去散散心。實則何文彬乃親自出馬，想替死鬼老婆找個地方安置骨灰。從集美到同安，人們仍然在灰頭土臉地幹革命，荒郊野外一片頹敝，沒辦法找到合適之地。司機去方便之際，老何枯坐在一個小池塘前，默默欣賞沿池一圈高齡柳樹，如帶翳長者髯鬚飄飄垂垂老矣。書生突然想起莫奈的《垂柳》系列。《垂柳》表達的正是畫家的哭泣心靈：哭泣戰爭、哭泣死亡、哭泣屠殺、哭泣自己、哭泣世界、哭泣生命必須面對的一切殘酷與不幸。

時間是一條長河，人生是一場大戲，每個人扮演著上帝安排的角色，既不能選擇生，也不能選擇死。假如歲月靜好，當年畢業後他們過的是另一種生活，葉彩霞或會是一個好妻子。以這個女人鍥而不捨的精神，懦弱的何文彬不可能躲過她旳追求。可悲的是命運都跟大家開玩笑，亂世中的葉彩霞必須在芸芸眾生中突圍，在血腥風雨中奮鬥，活出自己的樣式。人世悠悠，人如刺蝟，抱著取暖，卻傷了彼此。回顧與葉彩霞的十年夫妻生活，箇中的得與失，喧囂與惆悵，執著與彷徨，不足為外人道。葉彩霞孤孑地來孤孑地走，只活了四十九年，自詡澈底的無神論革命者，所有佛教、基督教的墓地對之均不合適，葉彩霞沒法在這個城市入土。革命家拒絕承認親生兒子，最終卻是兒子來捧回骨灰，將母親安葬在龍岩老家。

車子駛回市區，經過萬石岩路口，老何讓司機去喝口水歇一歇，想自個兒走一走。瞻仰了紀念碑和先烈陵園，感觸良多萬分悵然，這裡埋葬著一千零三十四副忠骨，還有一位八・二三炮戰中犧牲的青年戰士，朱老總親題「共產主義戰士安業民永垂不朽」。先烈拋頭顱灑熱血讓人民坐江山，而人民卻在窩裡鬥。

找個地方坐下來伸伸腰。突然他看見前面有一位熟人，姑娘坐在一棵小樹旁沉思，對周圍的一切熟視無睹，書記叫了她的名字恍若夢中醒來。

「啊，何書記。」蔣玲玲惶惑而囁嚅，慌忙站起來。

「坐下，坐下。」何書記按住下屬的肩膀，自己也陪著坐在山坡上。

兩人沒有說什麼，就這麼坐著，也許說什麼也多餘，傾聽風在吹鳥在唱，生活其實就如此簡單，平安至福。何書記回復了當年的書生身分，記起張愛玲說過：於千萬人中遇見不期而遇的人，於千萬年之中在時間的無涯荒野裡揀拾曾經的記憶，沒有早一步，也沒有晚一步，剛巧趕上了熟悉的過往與愛的默然邂逅，沒有別的話可說，唯有輕輕地問一聲：「哦，原來你也在這裡？」

司機一路找上來破壞了這平靜。回去吧，老何開口。玲玲沒有拒絕，拍拍屁股一起走。

施世凡的大兒子去了武平插隊，小兒子上小學卻沒有書只讀主席語錄，晚上父親自己來教，反正工餘無事可做，教材也是隨意編的，唐詩兒歌什麼的。工廠已全部歸公成為國營廠，兩夫妻仍勤勤懇懇上班，規規矩矩做人，依靠工資收入維持生計。南洋老父已經退休，家業交予兄弟管理，逢年過節還是有些匯款的。吳姐說的對，平安至福。原來吳姐解放前在基督教屬下的孤兒院打工，撫育過謝增恩，對那小子有一份外人無法明瞭的感情。現在謝增恩轉為正式國營廠工人，後來還提升當上幹部。

人生除了生死沒有大事，活著就好。

開篇提到，桐城是座歷史悠久的古城，這裡的人古道熱腸溫情脈脈，革命烈火砸碎的僅是表面的封建殘餘，砸不爛地下盤根錯節的根基。正如所有姓黃的源於一個祖先黃守恭，沒有人會去砸祖宗的風水寶地。一個不留心，或許身邊的同學、朋友，追溯起來還是你的表親呢。就說那大名鼎鼎的夫子廟，原是一座集宋、元、明、清四朝孔廟的古建築群，民國時期曾一半闢為平民學校，是為「左學右廟」，抗戰歲月也曾作過十九軍軍醫處。解放後人民政府索性將大成殿改為市糧食倉庫，明倫堂成為市圖書館，因而僥倖逃過被紅衛兵砸毀的噩運。承天寺大佛猶有靈性，佛殿雖沒被完全砸爛，卻也荒廢得一蹶不振。有人甘脆利用這片土地做起社辦繩索廠，斷了某些人想進一步破壞之念。濱城就不同了，只有短短幾百年歷史，人們來自四面八方，互相之間沒有血濃於水的親情，革命起來必定氣勢磅礴不留遺地。桐城的居民不必遷徙，上山下鄉亦非人人都去，許多老三屆如漏網之魚，未被一網打盡。

蔣少雄有福了。身為教師讓學生批鬥小事一樁。熱衷西洋樂曲，陶醉帕格尼尼、柴可夫斯基，被打爛的只是小提琴，人倒沒被打死。只要迎合時勢洗心革面改唱革命歌曲，仍然平安無事。老哥的冤案自是令之痛不欲生，也只能在心裡懷念。歷史如一齣齣大戲不斷重演，時局翻雲覆雨終會有轉機，只是歲月無情，有人喪失了青春，有人丟掉了幸福，有人白了頭髮，有人先行離去。他也曾想擺脫羈絆追求個性解放，終究在自己的土地上才有安全感，娶普通的婦人為妻，繁衍生命做普通人的父親。

老家的蔣姓兄弟稱蔣三省為老哥，同輩最小的蔣少雄稱做小哥。抗戰勝利後蔣少雄才十八歲，家族父兄都支持他繼續升學。其時內地的學校陸續遷回原址，人們以為小哥去省城讀工科，豈料他悄悄去了上海。小哥迷戀「百靈」。百靈不是一隻小鳥，也不是一個女郎，她是會唱歌的皇后，音色優美、音域寬廣、表現力豐富、如詩一般動聽、令人眼花繚亂，她的名字叫做小提琴。小伙子天生手指肚圓渾潤澤、小姆指長、耳朵靈敏度高，未正式拜師學藝，全憑自學成材。由於對美的追求和嚮往，對藝術的如癡如醉，他成了一個多才多藝的表演能手，小提琴在其手上既能表現狂歡的舞蹈場面，也能演繹悲壯的英雄史詩。國立上海音樂專科學校錄取了蔣少雄。

山鄉的父兄不可能理解，工業救國，科學救國，音樂能救國嗎？那不是吃飽了沒事幹不事生產嗎？他們更不會明白，貝多芬的〈春天奏鳴曲〉表現的是生機勃勃的春天裡，青蛙在鳴叫，鳥兒在啼唱，春姑娘的腳步悄悄走近人間。維瓦爾迪的協奏曲〈四季〉中的〈春〉，三個樂章就像三幅色彩淡雅的風景畫：潺潺流動的小溪叮叮咚咚地唱著，枝頭黃鸝在與遊人打招呼；剛剛還陽光燦爛、藍天白雲，馬上就烏雲翻滾、雷雨交加，春天如小孩兒般變臉了；瞧，天又晴了，太陽出來了，鳥兒又放聲歌唱了。春天來了！

小哥在學習期間有一合作伙伴，對方是位名教授的女兒，學的大提琴。他倆時常同臺演出，有很好的默契。當家裡得知蔣少雄學的是無所用的東西，不再供應他的學費，等於逼之輟學。少雄永遠忘不了離校時，姑娘依依惜別的情景，那一眶淚水，那憂鬱的神情。後來姑娘隨父親去了臺灣。

因為這塊心病，少雄逃避母親為之安排的婚姻到處浪跡。當他孤單一人時，小提琴是他的伴侶，每當拉起〈梁祝〉小提琴協奏曲，就聯想到那一年那一個傷感的場景。當小提琴帶出讀書的畫面，記起他們有過一段快樂的學校生活：十八相送輕快的音樂，展示春光明媚情侶出遊，不忘兩人把臂同遊西子湖；樓臺會內小提琴委婉地訴說，大提琴撥奏聆聽。

大提琴傾訴情意，小提琴心神領會。

大小提琴情意綿綿，盡是兩人依依不捨之情……

蒹葭蒼蒼，白露為霜，所謂佳人，在水一方。大提琴姑娘，今生今世你我有緣合奏一曲〈梁祝〉嗎？

第十八章　尾聲

一九七六年的歷史轉折令人驚心動魄瞠目結舌。不管政治風雲如何詭譎變幻，不管誰來做皇帝，老百姓只要溫飽，不恐懼、不流離失所，好好生活。

時至一九七五年大部分知青都獲得招工、招生的機會，離開窮困的山區。施世凡因為沒有後門鞭長莫及，二十八歲的大兒子施永甯尚在武平種地。文革前的施永甯乃六六屆准秀才，學習成績科科優，只是人太老實，真正百無一用是書生。小兒子留城則到處交結阿飛逃學成了小太保。想施世凡將整個工廠和店鋪奉獻給國家，兩個兒子卻沒有資格當該廠工人，相當諷刺。媽媽急得兩鬢斑白，天天為兒子做禱告，祈求明瞭神的旨意。

此時社會上盛行申請出國，以直系親屬為理由繼承國外財產。洪麗華給大哥寫信卻從無回音。朋友取笑她，人家聽見你要去繼承財產還不嚇死，怎麼可能幫你？國內可以什麼都是假的，外面的人不興說假話。後來有人做了菲律賓假護照，政府明知是假的卻一律放行。時值開放改革初始，或許政府願意多讓一些人走出國門，給百姓多一些發展的機會。洪麗華不敢在信裡說負面的情形，懇請鄉親從中斡旋。還是外公最明白女兒，前後給兩個外孫寄來了大字（護照），拯救黃土地上的施永甯和小太保施永興。

且看走過羅湖橋的兩兄弟，他們來到紙醉金迷的資本主義社會，怎樣面對與之前完全不同的社會制度呢？

哥哥出來只能換五十元港幣，媽媽偷偷打了隻分量不輕的大戒子，縫在兒子的衣角。鄉親過羅湖來接他，過了關立即帶小伙子去金鋪賣戒子，換取幾千元。租了一個床位，買了一應日用品，第二天就去官塘上班。中國十年封閉令周邊國家地區致富，香港與臺灣、新加坡，南韓同時起飛。到處是聘請工人的招貼，有些人介紹新工友廠裡還給發獎勵。

三十歲的施永甯既不懂粵語又不會英文，除了當工人還能幹啥？鄉人介紹去他工作的廠，工廠做的主要產品是塑膠樽，比如裝花生油、洗潔精、洗髮水、沐浴露等液體的瓶瓶罐罐。施永甯負責「打水口」，即是到塑料倉庫提取指定的色粉、色種、拉粒進行混料。混料配方有兩種：一是依色粉、色種原料配方；一是翻打料配方，將沖壓成型剩餘的邊角料粉碎混合再用。以重量計件，工資是很不錯的，加班加點每月有幾千元收入。然而碎料混攪時塵沙飛揚非常汙染，即使戴著口罩恐怕還是會經口鼻進入肺部。為生活計，無可奈何也。單靠一個人的工資養不了家的，因為港地寸土尺金，租金昂貴，養兒育女多不容易。幸虧因為「港客」的銜頭，有許多女孩願意委身可以藉機走出國門。

打了兩年工回鄉，平時節儉的不得了，回去打腫臉充胖子，上門提親的果然踏破門檻。施家一向好名聲，而今大兒子成了港客更是風光。母親思忖，兒子三十二了，此時不娶更待何時？眾多對像挑了一位，自是年輕漂亮樣貌不凡。立即登記馬上申請赴港會夫。據悉這條申請長龍至少要排五年才有結果。人生本就一再蹉跎，何懼再等五年。

一九七八年施永興剛滿十六歲，獲得單程通行證到香港來了。小子年紀輕輕卻長的高大，不肯去工廠被時間綁死，選擇做自由的裝修工人。裝修是辛苦的工作，爬上爬下高高低低一身臭汗，工資算是不錯，但開工不足，承接完一單再接一單，有時忙死有時閒死。懷老二時洪麗華總擔心不知是喜是悲，高齡難產幾乎要了老娘的命。姐妹們都勸慰她：要有信心，上帝安排給你的不會錯。這家伙讀不了書，肚裡墨水沒多一滴，卻有幸運星照耀，在濱城當阿飛時認識了一班北方佬，稱兄道弟，均是些幹部子弟。他們教老二註冊一家工程公司，以外商身分與國內合作，哥們兒在大連開發地產，有軍人作強有力的後盾。不用再贅述，幾年後老二已經腰纏萬貫，大富豪也。八十年代末老二申請父母到香港定居，在高尚地段買了套大單位，讓父母安享晚年。

同一年蔣玲玲三十四歲，秀外慧中，兩年前已經升任感光廠技術科長。政府洗刷了蔣三省的冤案，為這位愛國人士平反，姑娘終於揚眉吐氣，九泉下的父親可以瞑目了。這一日，她把自己打扮得漂漂亮亮，穿天藍色曳地長裙、著白色軟皮鞋，拖著愛人的手，帶他到昔日坐過的小樹下，小樹已然長得頗為壯實可以替遊者遮蔭。姑娘告訴父母要與這個男人共諧連理。五十五歲的何文彬一臉羞赧，不似一家大廠的領導。兩人齊齊向天上的親人鞠躬。

準新娘從父親的遺物認識了父輩的朋友，當她將珍貴的歷史照片翻出來時，準新郎也見到了自己昔日的友人。嘆聲人生何處不相逢！過去三十年了，國共老朋友，你們都好嗎？登記結婚那天，到賀的除了姐姐蔣晴晴，還有父親的朋友施世凡夫婦。洪麗華送上一條精緻的K金項鍊，墜著閃閃的十字架。願主與你們同在。

黃曉璇如所有下放人員一樣回城了。舊建築公司進行改革，企業辦起飯店和酒樓等服務項目，慧眼識英雄的新領導任命她當部門經理，很替公司賺了錢。黃曉璇何許人也？雖未受過高深文化教育，但生於大宅門，八歲的「姑婆」已替父親代理族長職務參加宴席；爸爸死了媽媽顧著打麻將，十二歲的大小姐懂得如何指揮傭人工作。只要給她一個合適的職位，不比任何當官的差勁。況且筋、參、鮑、翅，哪一樣她沒嚐過？廚房大師傅也沒她見多識廣，認真講究起廚藝，其時沒有人是她的對手。伙計們對這位真材實料的女經理，倒是敬佩有加不敢含糊。

女兒李逍逍鑽研業務攻讀外文，發明了「錫焊助焊劑」，可以廣泛應用在集成電路流水線。八十年代正值改革開放大好時機，有關部門替她申請專利並調到大學當教授。八十年代末李逍逍夫婦作為訪問學者赴美，被洋鬼子化學教授留下替其試驗室工作。李逍逍的孩子在米國讀完博士后，學有所成事業如日中天，於彼邦奮發圖強落地生根。他們著手辦理外婆黃曉璇的申請出國手續，準備帶她出去遊歷世界安享晚年。

李逍逍回來帶母親出國門，先經香港會舅父和父母的摯友，然後飛洛杉磯，陪媽媽遊美國西岸大峽谷再返南部。施世凡一家早已去香港定居，此程可以在香港見面。離開濱城那天意外地有人來華僑大廈送行，竟然是何文彬蔣玲玲一家大小四口，一對可愛的龍鳳胎兒女已逾十歲。何文彬那一圈圈鏡片中反射出的神采，不再令黃曉璇感覺猶豫閃爍，而是長者的慈和溫婉。黃曉璇脫下女兒送的手鏈戴上小女孩的手腕，那是條十字花紋的飾物。不言而喻。

星期天下午，相聚在香格里拉酒店利苑酒家。一早坐鎮的是主人江玉璋、丁香夫婦，恐怕不認識路的黃曉璇母女反而比他人提早到了。李逍逍終於見到舅舅，當年太小完全沒有印象，可是黑檔案有一半是因為他。一別四十載，江玉璋、江曉璇兄妹的影像從青絲突變為白髮，恍如隔世。繼而加入李國梁、江素娟及其兒女一家四人。假如沒有對過照片，路上只能擦身而過。李國梁的兒子李振鐸早已是位出名的外科西醫。江素娟摟著江曉璇嚶嚶地哭，餐巾紙堆了一桌子。

圓桌的另一邊，李遙遙瞪著李逍逍，兩人長得如此相像，連名字都這麼意味深長，怎能不明白彼此是親姐妹？可是誰也不願開口。在妹妹李遙遙的心裡，只記得小時候拖著她的手上幼稚園的爸爸李治，可是忽然爸爸就不見了。懂事後媽媽說他去了臺灣，多年來一直與父親通信，心目中以為爸爸李國梁就是李治，現在李國梁終於可以來香港與妻子兒女過晚年，一家人樂也融融。香港長大的李遙遙沒讀過中國歷史，她只知道要幫家，小學畢業才十三歲就輟學進工廠，直到李振鐸讀完博士出來掛牌，才轉到哥哥的西醫診所當護士。後來她明白了自己的真正身分，下定決心不談戀愛不結婚。她立志將一生奉獻給教會。李遙遙的出席僅因為礙於江素娟對其養育之恩。黃曉璇應該無意破壞別人的幸福吧，李遙遙不願掩飾對生母的憎惡。黃曉璇啊，你想過沒有，你這輩子對阿母麗娘的無端怨恨，是不是該得到親生女兒李遙遙相應的報復？

施世凡、洪麗華及兩個兒子四人因等位泊車遲了點。瞧洪麗華殺過來了，三個老太太抱在一起，眼淚鼻涕弄髒了漂亮衣服。從青春少艾到老態龍鍾，超過半個世紀，活的多麼不容易。感謝主的恩典，讓我們有今日的聚會。天上的李治、李少英和老哥蔣三省，老朋友多麼懷念你們！施世凡急忙拿出照相機，咔察咔察不停地按快門，江玉璋吩咐侍應生代勞，賓主挨近坐齊，拍一張團圓照。這一回絕非十三不吉利，而是十二吉祥如意大結局。

黃曉璇將繼續出發，踏足北美洲那片遼闊的疆土。年屆古稀，不懂洋文，不會開車，在別人的土地上，該會多麼寂寞。電話不懂得聽，電視看不明白，推銷員上門也不敢去開門。女兒、女婿可以溝通，曾孫輩必須靠第三代作翻譯。什麼時候年輕人有時間、有心情、有興趣，才帶你去唐人街逛逛。請記住，過年時千萬別看〈春晚〉，免得見到故里萬家燈火、鄉親其樂融融而感觸。鄉愁如同相思病，難以治癒割捨不得。

幸而在大半輩子的孤單歲月裡，黃老太太已經磨練出一套菊花神功，雜七雜八的書本是其悠長人生的最佳朋友，哪怕未曾動手寫過什麼文章，批評別人卻有自己的一套準則。那些大部頭作品在她眼中顯見沉悶囉唆，短篇小說更難入其慧眼，謂「搬嘴小姑講是非」。不過憑藉書本，可以在寧靜中尋得一卷書香，從無法圓滿的結局裡走出來，或者這就是圓滿。

曾經的大宅門小姐，見證過民國的興衰，經歷過共產黨的解放和改革，將進一步去領略資本主義國家的生活，感受帝國主義社會的民主。若然有百歲之命，總還有幾十年光陰，足以細細品味「人生」這兩個字。命定不能做一枝遺世的梅，卻可以做一朵黃菊傲然枝頭，經霜而不氣餒，在疏籬下獨自幽香。不為等人，有心無心，情巢難築；不為愛戀，多情寡情，凌霜自行。走過了，一切都是回憶裡淡淡的遺憾；看過了，留下的只是看風景的心情。即便只是一個人也很好，在寂寞時光裡，寵辱不驚，寒芳自賞。

學習微笑吧，黃老太！為何風塵不能柔和你的剛毅？微笑本來是很容易的事，學會微笑於你卻那麼難。

生命廊橋已無憾，唯有歌吟且繞樑。

二〇一五年七月十五日初稿
二〇一五年八月十五日定稿

附記：六月中動了寫父輩故事的念頭，立即著手碼字，一鼓作氣草草於三十天內完成，現在讀起來感覺有點虎頭蛇尾。記得張曉風在其著作《哭牆》序文中寫道：「有一天，當我走完人生的仄徑，『哭牆』將仍然活著，像深秋後的槭樹，向人們說明，我已愛過，我已哭過，我已付出過。」這不正是我此刻的心境嗎。

二〇一五年十月三十日

釀小說79　PG1465

百年寂寞

──民初歷史小說

作　　者	李安娜
責任編輯	陳佳怡
圖文排版	周妤靜
封面設計	蔡瑋筠

出版策劃	釀出版
製作發行	秀威資訊科技股份有限公司 114 臺北市內湖區瑞光路76巷65號1樓 電話：+886-2-2796-3638　傳真：+886-2-2796-1377 服務信箱：service@showwe.com.tw http://www.showwe.com.tw
郵政劃撥	19563868　戶名：秀威資訊科技股份有限公司
展售門市	國家書店【松江門市】 104 臺北市中山區松江路209號1樓 電話：+886-2-2518-0207　傳真：+886-2-2518-0778
網路訂購	秀威網路書店：http://www.bodbooks.com.tw 國家網路書店：http://www.govbooks.com.tw
法律顧問	毛國樑　律師
總 經 銷	聯合發行股份有限公司 231新北市新店區寶橋路235巷6弄6號4F 電話：+886-2-2917-8022　傳真：+886-2-2915-6275

出版日期	2016年4月　BOD一版
定　　價	240元

Printed in Taiwan

國家圖書館出版品預行編目

百年寂寞：民初歷史小說 / 李安娜著. -- 一版. -- 臺
北市：釀出版, 2016.04
面； 公分. -- (釀小說；79)
BOD版
ISBN 978-986-445-100-5(平裝)

857.7 105003864

讀者回函卡

感謝您購買本書，為提升服務品質，請填妥以下資料，將讀者回函卡直接寄回或傳真本公司，收到您的寶貴意見後，我們會收藏記錄及檢討，謝謝！如您需要了解本公司最新出版書目、購書優惠或企劃活動，歡迎您上網查詢或下載相關資料：http:// www.showwe.com.tw

您購買的書名：________________________________

出生日期：________年________月________日

學歷：□高中（含）以下　□大專　□研究所（含）以上

職業：□製造業　□金融業　□資訊業　□軍警　□傳播業　□自由業

□服務業　□公務員　□教職　□學生　□家管　□其它____

購書地點：□網路書店　□實體書店　□書展　□郵購　□贈閱　□其他

您從何得知本書的消息？

□網路書店　□實體書店　□網路搜尋　□電子報　□書訊　□雜誌

□傳播媒體　□親友推薦　□網站推薦　□部落格　□其他________

您對本書的評價：（請填代號　1.非常滿意　2.滿意　3.尚可　4.再改進）

封面設計____　版面編排____　內容____　文／譯筆____　價格____

讀完書後您覺得：

□很有收穫　□有收穫　□收穫不多　□沒收穫

對我們的建議：________________________________

____

____

____

請貼
郵票

11466
台北市內湖區瑞光路 76 巷 65 號 1 樓
秀威資訊科技股份有限公司 收
BOD 數位出版事業部

(請沿線對折寄回，謝謝！)

姓　　名：__________　年齡：______　性別：□女　□男

郵遞區號：□□□□□

地　　址：__________________________

聯絡電話：(日)______________　(夜)______________

E-mail：__________________________